見習い物語

上

レオン・ガーフィールド作

斉藤健一訳

岩波少年文庫 559

THE APPRENTICES
by Leon Garfield

First published by William Heinemann Ltd
as twelve separate volumes:
The Lamplighter's Funeral; Mirror, Mirror;
Moss and Blister; The Cloak © 1976;
The Valentine; Labour-in-Vain; The Fool; Rosy Starling;
The Dumb Cake; Tom Titmarsh's Devil © 1977;
The Filthy Beast; The Enemy © 1978

First compilation volume published 1982
by William Heinemann Ltd,
an imprint of Egmont Children's Books Limited, London.

This edition published 2002
by Iwanami Shoten, Publishers Tokyo
by arrangement with
Leon Garfield c/o John Johnson Ltd., London
through Tuttle-Mori Agency, Inc., Tokyo.

目次

徒弟《とてい》制度について　5
点灯夫《てんとうふ》の葬式《そうしき》　9
鏡よ、鏡　53
モスとブリスター　101
外《がい》套《とう》　147
バレンタイン　197
骨折り損　241

カバー・扉絵　岩淵慶造《いわぶちけいぞう》

下巻目次

エープリル・フール
ロージー・スターリング
無言のお菓子《かし》
トム・ティトマーシュの悪魔《あくま》
きたないやつ
敵

徒《と》弟《てい》制度について

一七六四年のこと、ロンドンの夕刊紙に一人の少年が起こした事件がのりました。その少年はチープサイド街の小間物商《こまものしょう》で見習いをしていたのですが、まじめで、仕事熱心で、礼儀《れいぎ》正しく、みなりもきちんとしていて、日ごろ評判の若者でした。それが、あろうことか、親方のお金を一万ポンドも盗《ぬす》んでしまったのです(当時の一万ポンドといえばたいへんな金額で、今でいえば一億円ぐらいにあたるでしょうか)。少年はその一万ポンドを賭《か》けごとに使ったわけでもなく、派手《はで》に遊びまわって使ってしまったわけでもありませんでした。公債《こうさい》に投資して利益をあげようとしたのです。そしてもうけたお金を資金にして、七年間の徒弟《とてい》期間が終わったら独立して自分の店を持とうとしたのです。

七年というのは長いものです。徒弟期間、つまり、親方のもとで見習いとして修業《しゅぎょう》する期間は、つねに七年と決まっていました。外科医の修業も七年、舟《ふね》をこぐ修業も七年。どの仕事もみな同じです。ちがうところといえば、仕事の内容だけでした。

子どもを見習いに出す親は、その商売によって定められた一定の金額を親方にはらうことになっていました。そして親方のほうは、食事と住まいと商売の知識を見習いに与《あた》え、その代わりに、見習いはつらくてたいくつな仕事を毎日することになるのです。また見習いはちょっとした給料ももらえます。といっても、こづかい程度の金額なのですが。このような生活が、七年間続くのです。

そしてぶじ七年が過ぎると、見習いは職人になりました。もっとも、職人になったといっても、毎日給料をもらいながら親方のところで働くようになった、というだけのことです。職人が自分の店を持つチャンスは、親方の娘《むすめ》と結婚《けっこん》して商売をつぐか、親方が死んでしまった時におかみさんと結婚するか、そのどちらかしかありませんでした。どっちにしても、そうやって店の持てる職人はついていたのです。さもなければ、安い給料で死ぬまで働くしかなかったのですから。自分だけで独立して店を持つためには、とてつもないお金が必要で、そんなお金を手に入れるのは夢のまた夢でした。

しかし、チープサイド街の見習いは、ただぼんやりと夢だけを見ていたわけではなく、その夢を実行に移そうとしました。その結果、罰《ばっ》として、当時まだイギリスの植民地だったアメリカに送られることになりました。アメリカに行ってから、この少年の天才的な才能はみごと花開いて、のちに立派な銀行家になったらしいと伝えられています。一方イギリスに残った若者たちは、親方の娘《むすめ》と結婚《けっこん》できた者も、できなかった者も、小さな喜びを日々のなぐさめとして、希望を捨てずに生きていったのです。

レオン・ガーフィールド

点灯夫《てんとうふ》の葬式《そうしき》

暗く寒い十月の夜のことだった。ボウ教会の大鐘《おおがね》が十一時半を打って間もなく、トランプ横《よこ》町《ちょう》のかどから、炎《ほのお》の川のような行列が現れた。白っぽい格好《かっこう》をした大勢の男たちが、たいまつをかかげてやってくるのだ。行列のなかほどに、六人の男たちにかつがれたひつぎがあった。たいまつからは煙《けむり》がもくもくとたちのぼり、建てこんだ家々の、ちょうど二、三階の窓のあたりをすっぽりと包んだ。それで、上からながめている人たちには、まるでどんよりとくもった空が足もとに落ちてきて、その下からたくさんの光がさしているように見えた。

「なんてやつらだ」居間をすっかり煙だらけにされてしまった見物人の一人が、ぶつぶついった。「こんなこたあ、昼間やったらどうなんだ。まったく」

かついでいる六人の身長がそろっていないので、ひつぎはずいぶんゆれている。それでもゆっくりと右に曲がると、たいまつのあとから今度はセント・ローレンス通りを進みはじめた。

「おたっしゃでな」男たちのなかに見覚えのある顔を見つけたらしく、ユダヤ人の老人が声をかけてきた。一行《いっこう》は、暗い街角《まちかど》でたむろしている連中を照らしながら、チープサイド街に入った。そしてその広い通りを横切り、クイーン通りに入った。行列の男たちは街の点灯夫《てんとうふ》だった。五十人はいる。みな白い服に身を包み、黒い三角帽子《ぼうし》をかぶっていた。たいまつはこうこうとかがやき、あたりには、とけた油の強烈《きょうれつ》なにおいがたちこめていた。

点灯夫《てんとうふ》たちは、むかしからのしきたりに従って仲間の葬式《そうしき》をしているところだった。二日前、クリップルゲート区の点灯夫だったサム・ボールドが肺炎《はいえん》で死んだ。用意のいいサム・ボールドは、前もって葬式の会に入会し、きちんきちんと会費をはらっていた。だから、今こうしてセント・マーチン教会の墓地にむかうサムには、立派な炎《ほのお》の行列がつき従っている。サムには身寄りがなかった。けれども、点灯夫は仲間をとても大切にするので、みんなはこうしてサムの死を悲しんでいるのだ。たいまつの灯《あか》りに照らしだされた顔は、どれも暗くしずんでいた。

そのなかでも、とくにしずんだ顔をしている男がいた。といっても、サムの死を悲しんでいるわけではなかった。葬式《そうしき》に出かける前、男はぞくぞくっと寒気《さむけ》がしたものだから、冷たい夜風にあたってサムみたいに肺炎《はいえん》にかかっては大変だと、ジンをたっぷり飲んで体を温めてきた。ところが、飲みすぎて酔《よ》っぱらってしまったのだ。おかげで、夜風がいっそう身にしみるようになってしまった。もうフラフラだった。さっきも、チープサイド街のでこぼこの敷石《しきいし》につまずいてころびそうになった。そしてクイーン通りに入ると、とうとう敷石のすきまに足をつっこんでひっくりかえってしまったのだ。あたり一面に、炎《ほのお》と火の粉《こ》がパッと飛び散った。まるで、悪い運命をつげるほうき星が落ちてきたみたいだった。

行列のあとからついてきた浮浪児《ふろうじ》たちが、おごそかな葬式《そうしき》であることも忘れて、喜んできゃあきゃあさわいだ。ほかの男たちはだまって歩き続けた。すると、浮浪児たちのなかでもまじめそうな一人の子どもが、たおれた男のところにかけ寄り、まだ火のついているたいまつを拾いあげた。細い指をした、やせこけた男の子で、一ペニー硬貨《こうか》みたいなまん丸い目をしている。たいまつに照らされると、男の子の顔はすきとおったようになった。それが煙《けむり》のなかにふんわりとうかんでいる。たおれた点灯夫《てんとうふ》は、その幽霊《ゆうれい》のような顔をぼーっとしてながめていた。が、じきにころんだことがはずかしくなり、言いわけのようにボソボソといった。

「そ、葬式《そうしき》なんだ……こうしちゃいられんのだよ。そそうがあっちゃいけないんだ……ううっ、ああ、気持ち悪い……」

男の子は目をいっそう大きく見開いた。

「ぼく、代わりに行くよ」

「いや、だめだ。それはまずい。そんなしきたりはない……ああ、気持ちが悪くて、吐《は》きそうだ」

「ぼく、ちゃんとやるよ。しきたりどおりに」

「ほんとか」

「ちかうよ」

「そうか。それじゃ、この上着を着てくれ。これは、礼服なんだ。こ、こいつを着るよう決まってるんだ。それに、ぼうしも。その葬式用《そうしきよう》のぼうし、かぶってくれ。いいか、あとでちゃんと返すんだぞ」

酔《よ》っぱらった点灯夫《てんとうふ》はやっとのことで上着をぬいだ。ぼうしはそばの道端《みちばた》に落ちている。

「さあ。これをかぶるんだ。いいか、そそうのないようにな。葬式《そうしき》だからな」

白い大きな上着に、男の子の体はすっかりかくれてしまった。ぼうしをかぶると、顔も見えなくなった。点灯夫《てんとうふ》は、サム・ボールドの幽霊《ゆうれい》に服を着せてやったような気がして、少しばかり気味が悪かった。中身のない服だけが目の前に立っているような感じだ。すると、その服の幽霊が片方のそでをのばして、あらためてたいまつを受け取った。

「そそうのないようにやるよ」という子どもの声がし、ぼうしの下から真剣《しんけん》な目だけがのぞいた。

ひつぎはだいぶ先のほうまで進んでいたので、走って追いかけなければならなかった。走ると、手に持ったたいまつの炎《ほのお》が長く尾《お》をひいた。男の子は聖使徒《せいしと》トーマス教会のそばでようやく行列に追いついた。

やがて、サム・ボールドのなきがらはセント・マーチン教会の墓地にたどり着いた。サムはここで永遠のねむりにつくことになっている。埋葬《まいそう》のあいだじゅう、男の子はおごそかに、そそうのないようふるまった。男たちがたいまつをかかげて墓穴をぐるっととり囲むと、男の子もほかのみんなにならった。それからひつぎに黒い土をかけ、墓穴がすっかりかくれると、たいまつの火をバケツの水につっこんで消し、みんなといっしょに「ここに一つの光が消えた」といかめしい口調《くちょう》でとなえた。

たいまつがすっかり消えてしまうと、息がつまるほどまっ暗になった。みんなは手探りをしながらそろそろとチャーチ通りを進みはじめた。行く先は『鷲《わし》と子ども』という居酒屋《いざかや》。そこで宴会《えんかい》をするのだ。これもまたしきたりになっていた。みんながお金を出しあってひつぎを買い、そして余ったお金で飲んだり食べたりする。

『鷲《わし》と子ども』は古い店だった。こうこうと灯《あか》りのついた出窓《でまど》が、川の上につきでている。まるで、船が舵《かじ》をとりちがえて家のなかにつっこんでしまい、船尾《せんび》だけをつきだしているみたいだった。男たちは一人ずつ木の階段をのぼって、出窓のほうにむかった。今夜のごちそうはそこに並べられている。男の子も、しきたりどおりにみんなのあとからついていった。葬式《そうしき》の会の会長が入口に立って、会費の一シリングを集めていた。男の子にも手をさしだした。一瞬《いっしゅん》、気まずい沈黙《ちんもく》があった。男の子は会費を用意していなかったのだ。会長はまゆをひそめた。ところが、相手が白い上着と三角帽子《ぼうし》という正装《せいそう》をしているので、てっきり、サム・ボールドの子どもだと思いこんでしまった。死んだサムと深いつきあいのなかった会長は、サムの家族のことをあまりよく知らなかったのである。たしか、サムには子どもが十人ぐらいいたはずだな。ということは、この子がみんなを代表してやってきたわけか。会長は出した手をひっこめ、男の子をなかに入らせた。そして、親をなくした子どもから、お金をまきあげるわけにはいかんものな、と自分にいいきかせた。

宴会《えんかい》は、いかにも葬式《そうしき》のあとにふさわしく静かなものだった。でも、ときにはちょっぴり陽気になることもあった。仲間が一人死んでも、みんながみんな心の底までしずんでしまうものではない。ビールを何杯《なんばい》も飲んでいくうち、点灯夫《てんとうふ》たちはだんだん元気が出てきて、歌も飛び出すようになった。もっとも、どれもしんみりとした歌ばかりで、荒《あら》っぽいのやテンポの速いのは一つもなかったのだけれど。

少しして、自分だけが歌わないと変に目立つと思った男の子は、みんなといっしょに歌いだした。おどろくほどすんだ、高い、きれいな声だった。年老《としお》いた点灯夫《てんとうふ》のなかには、会長と同じ勘《かん》ちがいをして、父ちゃんをなくしたのにけなげなやつだ、と涙《なみだ》を流す者もいた。けれども母ちゃんはどうしたんだね、ときく者はだれもいなかった。もし母親もなくしていたりしたらかわいそうだ、と点灯夫たちは気をつかったわけだった。

十二時半ごろ、表の階段が急にさわがしくなった。人が何人もよろけながらのぼってくるような足音がする。会長がドアを開けると、さっきクイーン通りでころんだ点灯夫《てんとうふ》がぬっと現れた。ほこりまみれで、きたない格好《かっこう》をしている。点灯夫は仲間にあいさつをしてから、自分の代わりによこした子どもを見つけると、上着とぼうしをとりあげた。

「ぼうや、腹いっぱい食ったかい」点灯夫《てんとうふ》は食べ残しののったテーブルをさした。

ひどいぼろ着姿《ぎすがた》になってしまった男の子は、相手の顔を見あげ首をふった。それにしても、ひどくやせこけた子どもだった。

「なんにも食わんのだよ。酒も、一滴《いってき》も飲まんのだ」とだれかがいった。まだ、男の子のことをサム・ボールドのむすこだと思っているらしかった。「無理もないじゃないか。父ちゃんがこんなことになったんではな」

たったいま入ってきた点灯夫《てんとうふ》は、名前をポールキャットというのだが、狐《きつね》につままれたような顔をした。すると、男の子のほうがポールキャットをわきのほうにひっぱっていった。

「ぼく、何も説明しなかったの。あの、お金がなかったものだから。それに、おじさんが来るまでいればいいいって思ったから。ぼく、もう行きます――」

ふだんはけちなポールキャットが、めずらしくポケットに手をつっこんで、小銭《こぜに》をさがした。

「何もいりません」男の子は困ったように、小さな声でいった。「ほんとです」

たちまちポールキャットは、ポケットから手を出した。

「お金がいらないんなら、どうしておれの代理をやったんだ」

「あの、おじさんのこと、かわいそうだと思ったから」

ポールキャットはあっけにとられて相手の顔を見つめた。

「おまえ、名前なんていうんだ」

「ポッスルです」

「ポッスル？　おかしな名前だな」

「聖使徒《せいしと》トーマス教会の名前とったの。使徒って、アポッスルっていうでしょ。だから、それがなまってポッスルなんです。あの教会で仕事もらって、働いてるもんだから」

ポールキャットはさっぱりわけがわからずに、頭をかいた。髪《かみ》の毛は街灯に使う魚の油でギトギトし、ひどく生《なま》ぐさかった。

「菓子《かし》でも食いな」ポールキャットはようやく口を開いた。「パイを一個食って、ビールをちょっとだけ飲むがいい。心配するなって。金ははらってあるんだから。どうせ今夜は、おれはなにも食う気になれないし」

ポッスルは真剣《しんけん》な顔でお礼をいうと、いわれたとおりパイを食べ、ビールを飲んだ。みんながまた歌をうたいだした。ポッスルもすすめられてうたった。「羊飼いが群れを見張り」と独唱した。「栄《は》えある光はあたりに満ち」のところまでくると、ほかのみんなも小さな声でいっしょにうたった。「栄えある光はあたりに満ち」というのは、いかにも点灯夫《てんとうふ》にふさわしい言葉だった。

一時半になると、居酒屋《いざかや》『鷲《わし》と子ども』では最後のろうそくが消え、宴会《えんかい》もお開きになった。男たちは階段の下で握手《あくしゅ》を交《か》わし、それぞれ闇《やみ》のなかに姿を消していった。

「ポッスル、どこに住んでるんだ?」

「ショアディッチのほう」

「母ちゃんと父ちゃんといっしょにか」

ポッスルは勢いよく首をふった。その顔がかすかにほほ笑《え》んでいる。ポールキャットは、おかしなやつだなと思った。

「おれは、スリー・キングズ広場のアパートに住んでる」ポールキャットはそういいながら、なんとか酔《よ》いをさまそうと、目をパチパチさせた。「コベント・ガーデンのすぐ裏だ」

アパートという言葉にポッスルは感心したようだった。

「部屋が二つあるんだぞ」ポールキャットはむやみにじまんしたくなった。「なんなら、おれんとこに泊《と》まっていったらどうだ」

自分の口からそんな親切な言葉が出るのを聞いて、ポールキャットはがっかりした。とんでもないことをいっちまったもんだ。舌をかみ切ってやりたくなる。ポッスルのやつに聞こえなかったらいいんだがな……。

「でも、迷惑《めいわく》だから」

「迷惑なもんか」ポールキャットはどなった。「いいってことよ」

二人は入り組んだ街路を通り、角《かど》をいくつも曲がってスリー・キングズ広場にむかった。とちゅう、消えた街灯をほうぼうで見かけては、ポールキャットは受け持ちの点灯夫《てんとうふ》を口ぎたなくののしった。

「点灯夫というのは、神聖な仕事なんだぞ」ポールキャットは、消えた街灯の下を通るたびにいった。「暗闇《くらやみ》を照らすのは、キリスト教徒のつとめなんだ。街灯の油をちょろまかして、あとで売りさばくなんて、とんでもないやつらだ」

酒の酔《よ》いが何度も波のようにおしよせてきた。そして引いていくたびに、ゾクゾクッとひどい寒気《さむけ》がした。それに、やせこけたポッスルのことが気になってならない。なんの因果《いんが》かわからんが、おれはこんな子どもを泊《と》まらせることになっちまった。

いったい全体、どうして泊まれなんて口をすべらしてしまったんだろう。まったくおれらしくない話だ。たしかにこいつは葬式《そうしき》の代理をやってくれた。それに、仲間にはおれの恥《はじ》をだまっていてくれた。しかし、だからどうだというんだ。もうちゃんと礼はしたじゃないか。たらふくごちそうを食わせてやったじゃないか。それで、もうたくさんだろう、ええ？ ポールキャットはポッスルをにらみつけた。けれども、相手は期待に顔をかがやかせているだけだった。おい、ぼうず、ひざまずいて、このおれ様にお礼でもいったらどうなんだ。ポールキャットはいらいらとそんなことを考え続けた。

コベント・ガーデンに近づいてくると、市場のほうから、くさったキャベツやふみつぶされたオレンジのにおいがただよってきた。

ポールキャットは独身で、むかしからずっと一人で暮らしてきた。妻や子どもを養わなくてもよかったので、今では小金《こがね》もたまり、暮らしもだいぶ楽になっていた。ポールキャットはたいへんな働き者だった。夕暮れには街灯に灯《ひ》をともす点灯夫《てんとうふ》の仕事をし、夜は夜で、灯《あか》り持ちをやって金をかせいでいた。灯り持ちというのは、夜道を歩く人の足もとをたいまつで照らしてやって、一定の料金をもらう仕事だった。

暗闇《くらやみ》を照らす仕事をしているというので、ポールキャットは、自分がとてもえらい人間であると思いこんでいた。なにか裁判官のような仕事をしているような気がする。光と闇《やみ》を分け、いつどこに灯《あか》りをともすのかを決定するのは、自分なのだ。

ポールキャットはそんな考えを持っている上に、大変なけちんぼうだった。それで、人々はよく陰口《かげぐち》をたたいた。あの灯《あか》り持ちは、自分のたいまつが消えたときにたまたま月が出ていたりすると、今度は月の光の代金をよこせっていうんだぜ、というふうに。

「三階の奥《おく》だ」スリー・キングズ広場に面した高い建物の前までやってくると、ポールキャットがいった。

アパートに入ったとたん、強烈《きょうれつ》な魚の油のにおいがおそってきた。まるで目に見えないパンチを食らったみたいだ。なんだか、ずいぶんごたごたした部屋のような感じがする。ポールキャットがランプに火をつけると、闇《やみ》のなかから、ふぞろいの家具がうかびあがってきた。ずいぶん古ぼけている。それらの家具はどれも、日が暮れてから日がのぼるまでのあいだに、ポールキャットが買い集めたものだった。テーブル、いす、整理だんす、洗面台、なべ、水差し。そのほかに、鳥や猫《ねこ》の剥製《はくせい》が入ったガラス箱がたくさん置いてある。それがまた、部屋じゅうにでたらめに積み重ねてあるのだ。まるで、神様が天地を創造した最初の五日間の材料をながめているようだった。それに、このひどいほこり。ポールキャットがこのほこりのなかから生まれてきたとしても、不思議じゃないくらいだ。ちょうど、最初の人間アダムが、天地創造の六日目にチリのなかからつくられたように。

「ここがおれのうちだ」ポールキャットはそういうと、ランプから火を移して別のランプに火をつけた。油のしみだらけの壁《かべ》が、家具のあいだからうきあがった。ポッスルはびっくりしてしまった。部屋じゅうの壁という壁に、聖書の言葉が額に入れてかざってあるのだ。文字を直接板に焼きつけたものもあれば、布に刺繍《ししゅう》しただけのものもある。どうやら、ポールキャットが自分でやったらしかった。

『わたしは世の光である。わたしに従ってくる者は、闇《やみ》のうちを歩くことがない』という額がある。

『すべての人を照らすまことの光』というのもあった。

『神は「光あれ」といわれた』これはベッドの足のほうの壁《かべ》にかかっていて、『すると光があった』というのが頭のほうにかかっていた。『彼《かれ》は燃えてかがやく灯《あか》りであった』暖炉《だんろ》の炉棚《ろだな》にはそんな額がかざってあった。かと思えば、さびついて、ろくろく顔も映らない鏡の上には、『主《しゅ》よ、どうか、あなたの御顔《みかお》の光をわたしたちの上に照らしてください』というのが打ちつけてあった。

「そっちの部屋に寝《ね》いすがあるから、そこで寝るといい」とポールキャットがいった。

ポールキャットもポッスルもぐっすりとねむった。しばらくして灰色の朝があけ、あたりがさわがしくなっても、二人はねむり続けた。昼すぎになって、ようやくポールキャットが目をさました。とたんに、ゆうべのことがごちゃごちゃと頭にうかんできた。よごれた窓ガラスからさしこんでくる太陽の光がまぶしいので、目をつぶった。すると、部屋に人を泊《と》めたことを思い出した。奇妙《きみょう》にすきとおったポッスルの顔が、煙《けむり》のなかにただよっている。そうだ、おれは道でころび、あの子どもに葬式《そうしき》のたいまつを持ってもらったんだ。それでおれたち二人の間には、きずなのようなものができたのだった。

ポールキャットは目をあけ、剝製《はくせい》の動物たちをながめた。剝製はみなこっちのほうをむいていて、ベッドに横になっているポールキャットの姿がそのガラスの目に映るように並べてある。『すべてはむなしい。風を追うようなものだ』」と聖書の言葉をつぶやきながら、耳をすましてみた。

なんの物音もしない。とっさに、いやな考えがうかんだ。ポッスルはもう出ていってしまったんじゃないだろうか、しかも何かを盗《ぬす》んで……。ポールキャットは、ごてごてと夜具《やぐ》が積み重ねてあるベッドからはい出すと、となりの部屋をのぞきに行った。ポッスルは静かな寝息《ねいき》をたてて、ぐっすりとねむっていた。

ポールキャットはちょっとばかり不満だった。それに、がっかりもした。こっちがねむっているあいだに、お礼のしるしに部屋をそうじして、食事ぐらい用意しておいてくれるかと思ってたが……。ところが、見てみろ。ぐうぐう寝《ね》てるじゃないか。恩知らずなやつだな。やっぱりこいつも、ほかの子どもとおんなじか。天使みたいな顔をして、行儀《ぎょうぎ》のいいおとなしい子だと感心していたが、そんなのは、教会で働いているうちに自然と身についた、うわっつらだったんだ。ただの見せかけだ。こいつの性格とはなんの関係もない。ちょうど、頭にかつらやぼうしをかぶっているのとおんなじなんだ。

ポールキャットは、鼻息を荒《あら》くして食べ物を買いに出かけた。おとなに食事の用意をさせた

なんてはずかしい、と思わせてやる！　ところが、帰ってみると、ポッスルはまだねむってい
た。その小さな白い寝顔《ねがお》を、ポールキャットは長いことじっとにらんでいた。奥歯《おくば》ががたがた
になるほどゆすぶって、起こしてやろうかと思った。でも、そうはせずに、となりの部屋に行
くと、むやみに大きな音をたてて仕事のしたくをしはじめた。油のかんをけとばし、ランプの
芯《しん》を切るハサミを床《ゆか》に落とし、はしごをしばりつけておく鎖《くさり》を床にたたきつけた。それでもポ
ッスルは目をさまさなかった。それでポールキャットは、ふと、もしかしてあいつは病気なん
じゃないだろうかと思った。ポッスルが寝ている部屋にもどって、油だらけの手を額《ひたい》にのせ、
それから自分の額にさわってみた。熱はないようだ。かがんで、顔にそっと息をふきかけてや
った。ポッスルは顔をしかめ、身じろぎをすると、ため息をつきながら寝返りをうって、むこ
うをむいてしまった。ポールキャットはぶつぶついいながら夕暮れの仕事に出かけた。
　ポールキャットのなわばりはストランド街にある。チャリング・クロス広場からセント・メ
アリー教会までのストランド街の街灯は、すべてポールキャットの受け持ちだ。そのほかに、
ベッドフォード通りとサザンプトン通りにそれぞれ三つずつ街灯を持っているから、全部で二
十四あった。街灯は、長いはしごにのぼって一つ一つ点検していく。油入れに油をいっぱいに
し、芯《しん》をハサミで切りそろえ、火をともし、ぶ厚いガラスをよごれた布でさっとふいて、はし

ごをおり、そして次の街灯へとむかう。街灯のランプをそうじするたびに、ポールキャットは燃え残りの黒い油をとっておいて、あとで靴磨《くつみが》きの子どもに靴墨《くつずみ》として売りつけていた。こうして、夜は人々に光を与《あた》え、昼は黒い墨を与えて、ちゃくちゃくと商売の幅《はば》を広げていたのだ。

点灯夫《てんとうふ》というのは、ほんとうは地味《じみ》なつつましい仕事だった。けれども、六メートルもの高さから家路《いえじ》に急ぐ人々を見おろし、夕日がしずんでいくのをながめていると、何か自分がみんなとはちがった特別な人間のような感じがしてくる。そんなわけで、ポールキャットは街灯に灯《ひ》をつけるたび、星々に火をともしているように思っていた。

スリー・キングズ広場にもどったときには、すっかり暗くなっていた。星々に火をともしてきたポールキャットは、アパートでだれかが待っていてくれると思うと、ついうれしくなった。ポッスルは目をさまし、寝《ね》いすの端《はし》にぽつんとすわっていた。部屋のそうじもしていなければ、ふとんも片づけていない。ポールキャットは空《から》になった油のかんを床《ゆか》に置くと、ぶつぶついった。

「あきれたよ。なんにもしないで、ぼーっとして待ってたのかい」

「ぼく、よけいなことしちゃいけないと思ったから」ポッスルはキラキラかがやく目を、大きく見開いた。

「食い物も出しておいてやったんだぞ」ポールキャットはあっけにとられた。

「ええ。でも、食べたくなかったから。水ちょっと飲んだだけです」

「ひとりで飯《めし》も食えないほどのなまけ者か」ポールキャットは小言《こごと》をいった。「これからもここにいるつもりなら、そんな考え方はやめて、行いを改めるんだな」

ポッスルはうなずくと、さっそく行いを改めて、出しておいてもらった食べ物をほおばりはじめた。ポールキャットはそんな様子を半分は目を細めながら、半分はいらいらしながらながめ、腹のなかで思っていた。一人で全部たいらげちまったぞ。このおれには一切れもすすめなかった。いったいこれから先、こいつの食いぶちはどれくらいかかるんだろう。

「もし、これからもここにいるつもりなら、食いぶちぐらい自分でかせぐんだぞ」点灯夫《てんとうふ》ポールキャットは厳しい声でいった。

ポッスルは食べ物をほおばったまま、顔をあげた。口から子牛の肉がたれさがっている。けれども、目は生き生きとしてキラキラかがやいていた。

「おまえを、見習いにしてやろう」点灯夫《てんとうふ》は胸を張った。「みっちりしこんでやるからな。点灯夫の見習いはな、まず灯《あか》り持ちをやることになってるんだ。夜道を家に帰る人を、たいまつで照らしてやる仕事だ。おれも、むかしはずいぶんやったもんさ。まあ、今もまだやってるがな。いいか、灯り持ちというのは、神聖な仕事なんだぞ。聖書にもこう書いてあるんだ。『主《しゅ》は彼《かれ》らの前を進まれ……夜は火の柱をもって彼らを照らした』とな」

「『すべての人を照らすまことの光』」ポッスルも壁《かべ》にかざってある聖書の言葉を読みあげた。

「『起きよ、光を放て。あなたの光はかがやく』」そういいながら、ポールキャットは油にひたしておいたより糸をわたした。

「『わたしは目の見えない者の目となり、足が不自由な者の足となった』」ポッスルは、布に刺繍《ししゅう》してある別の言葉を読みあげた。

「だが、いいか、料金を受け取るのを忘れちゃいかんぞ」点灯夫《てんとうふ》はそういいながらドアにむかった。「油はただじゃないんだからな。それに、より糸だって、いつまでももつもんじゃないんだし」

二人は階段をおりて、暗く冷たい夜の街に出た。ストランド街を歩いていって、ダーティー横町《よこちょう》までやってくると、かどにコーヒー店があった。二階が賭博場《とばくじょう》になっている。ポールキャットはそこでたいまつに火をつけた。

「いいか、よく見てろよ」ポールキャットは赤々と燃えあがったたいまつをかかげた。もくもくとたちのぼる煙《けむり》に、ポールキャットの目はたちまちまっ赤になり、涙《なみだ》が流れだした。

ポッスルは親方の顔を見つめた。たいまつの炎《ほのお》に照らされて、怒《おこ》っているように見える。まるで赤い星が夜空にかがやいているみたいだ。それからポッスルは、ストランド街にまたたいている街灯のほうに目をやった。親方がともした街灯だ。でもどの街灯も、よほど目をこらさないと見えないほど薄暗《うすぐら》い。ガラスがひどくよごれているので、中の炎がごくかすかにしか見えないのだ。ポールキャット親方の街灯は、法律に定められているとおり、日暮れから日の出までしっかりと燃え続けている。でも、これではさっぱり街灯の役目を果たしていない。これじゃ、親方のなわばりでは、たいまつがなければ夜道を歩けないのも当たり前だな、とポッスルは思った。

一人の紳士《しんし》がよろめきながらやってきたので、ポールキャットは声をかけた。「だんな、灯《あか》りはいかが」

「いや。いや、けっこうだ。灯りがなくても見える」

「そうかい。そんなら、川に落っこちておぼれ死ぬがいい」ポールキャットは、遠ざかっていく紳士《しんし》のうしろからののしった。

そのあとも何人かに声をかけたけれども、どれも断られた。そのたびにポールキャットは、川に落っこちておぼれ死ね、と悪態《あくたい》をついた。それだけではなく、ただで相手を照らしてやってなるものかと、たいまつの灯《あか》りがもれないようにした。

「いいか、こうやるんだぞ。『天にむかって手をさしのべ、地上に闇《やみ》を起こすがよい。手でふれられるような闇を』」

そのうち、ようやくコーヒー店から三人の紳士《しんし》が出てきた。三人ともかなり酔《よ》っぱらってい て、足もとがふらふらしている。

「だんな、灯《あか》りはいかが」ポールキャットがいった。

「おう、たのもうか」紳士《しんし》の一人が機嫌《きげん》のいい声で答えた。

「この灯《あか》り持ちには、元気のいい火の粉《こ》がついてるぞ」別の紳士《しんし》がポッスルに気がついてじょうだんをいった。三人はどっと笑い、それからそれぞれの家までの道順をくわしく説明しはじめた。

ポールキャットはたいまつを高くかかげると、先頭に立って歩きだした。ポッスルは親方と並んで歩き、親方のやりかたをしっかりと観察したり、ときには自分でも手を高くさしあげてみたりした。

歩きだしていくらもたたないうちに、今夜の客は金をはらいそうもないぞとポールキャットは気がついた。三人が三人ともジンの飲みすぎでべろんべろんで、あっちにヨロヨロ、こっちにヨロヨロよろけてばかりいる。どうやら、ただで道案内をさせようという魂胆《こんたん》らしかった。「見てろ、いいか」ポールキャットは熱心な見習いに小声でいった。「こういう客には、こうしてやるんだ」

ポールキャットはかぶっていたぼうしをぬぐと、急な曲がりかどにさしかかったのを見はからって、ぼうしでぱっと灯《あか》りをかくした。とたんにあたりはまっ暗になり、悲鳴をあげながら、どたどたとたおれる音がした。酔《よ》っぱらいたちが、かどの柱にぶつかってしまったのだ。「『その者たちは外の暗やみに放り出されん』」ポールキャットは朗々《ろうろう》とひびきわたる声で、聖書の言葉をとなえた。「『泣き叫《さけ》んだり、歯ぎしりをすることであろう』」

そのあとはうまくいった。家まで送ってやると、三人の酔《よ》っぱらいはみなおとなしく料金の六ペンスをはらった。ポールキャットは差し出されたコインをかんで、本物かどうか確かめてから、首からぶらさげた袋《ふくろ》にしまった。それから、見習いのポッスルといっしょにストランド街にもどり、仕事を続けた。

やがて夜明けも近くなり、灯《あか》り持ちをやとう人もいなくなると、二人はスリー・キングズ広場のアパートにもどった。とちゅう、ポールキャットは街角《まちかど》や路地《ろじ》を指さしては、もし仕事のとちゅうで油が切れてたいまつが燃えつきたら、どこそこに行けば一回たったの一ファージングで油がつけられるんだぞ、とポッスルに教えてやった。

アパートに着くと、ポールキャットは寝《ね》る前にポッスルのためにスープを温めてやった。そうしてやりながらも、おれがこんなことをするのはおかしいんだ、と考えずにはいられなかった。だが、いい。そのうちこいつにもわかってくるだろうから。ポッスルはものを知らないんだ。じっくりとしこめばだいじょうぶさ。犬をしこむみたいにな。なんてったって、こいつがいるおかげで、おれもさびしい思いをしなくてすむんだから……。

ポッスルが寝入《ねい》ってからも、ポールキャットは一時間ほど起きていて、せっせと聖書の言葉を刺繍《ししゅう》した。毎朝寝る前にこれをするのが、何よりの楽しみだった。それに、そうしていると、なぜか自分の世界が広がっていくような気がする。やがて、まぶしい太陽がのぼり、ごてごてしたきたない部屋をくっきりと照らしだすころになると、ポールキャットもねむりについた。

二人は昼じゅうねむり続けた。ポールキャットが先に目をさまし、食べ物と油を買いにいった。もどってみると、ポッスルがのんきに寝《ね》いすに横になっていた。目はさましているけれども、何もやっていない。

「今夜から働いてもらうぞ、いいな」ポールキャットはむすっといった。

ポッスルはうれしそうににっこり笑った。ポールキャットは、たいまつで頭を一発ごつんとやってやろうかと思った。どうして、いわれる前に自分からやるといわないんだ。そんなふうに、キラキラした目でじっと見つめてばっかりいて、いったい何様《なにさま》のつもりなんだ。

「ゆうべの所はおまえがやってくれ。おれは、もっとチャリング・クロス寄りのほうをやる。ほら、一ペニーやるから、たいまつが消えたらちゃんと油をつけるんだぞ。いいか、教えたとおりにやれよ。金をはらわない客は、照らしてやったりするんじゃないぞ。ちょっと待て、おれの三角帽子《ぼうし》をかぶっていくがいい。いいか、こがしたりするな」

ポッスルはダーティー横町《よこちょう》のかどのコーヒー店の前で、たいまつをかかげて立っていた。こうしていると、何かとても立派な仕事をしているような気がする。たいまつが燃えているので、そう寒くはなかった。ポッスルのすきとおった顔は、ポールキャットのまっ黒いぼうしのなかで、そこだけが希望の島のようにかがやいていた。

「灯《あか》りはいかが」最初に声をかけた相手は、ふらふらと近づいてきた女の人だった。ほおがまっ赤で、目がとろんとしている。灯りを近づけると、その女は縮《ちぢ》みあがるようにしてどなった。

「あっちへお行き!」

今度は、かごをさげた二人連れの物売りの女がやってきた。

「灯《あか》りはいかが」

物売りの女たちは首をふり、笑いながら近寄ってきた。

「でも、ちょっと温まらせてもらおうかね」

女たちはたいまつに手をかざした。ポッスルは困ってしまった。ただで照らしてやってはいけないのだ。でも親方は、たいまつで温まろうとする人のことは何もいっていなかった。どうしよう。そんなことを考えているうち、物売りの女たちのほかにも、人がまわりに集まってきて、おかげでお客を何人かつかまえそこねてしまった。

けっきょくその夜は六ペンスしかかせげなかった。しかも、その半分の三ペンス近くが油代に消えてしまった。親方のポールキャットは腹を立てたけれど、ほんとうをいうと、ぶじ帰ってきたポッスルを見たときには、なによりもまずはホッとしたのだった。ポールキャットは心の底でひそかに恐《おそ》れていたのだ。あんなふうに軽い気持ちでころがりこんできたポッスルのことだから、いつ出ていってしまうかもしれない。どうも、あの子はこの世のものではないような気がする。もしかすると、まぼろしだったのでは……。ポッスルが自分の目の届かないところにいる時などは、とくにそういう感じが強かった。

ポールキャットは油の使い過ぎに文句をいい、行いを改めるんだ、と注意した。そしてさんざん小言《こごと》をあびせてから、ノミだらけの寝《ね》いすに寝に行かせた。一人になると、ポールキャットはやりかけの刺繡《ししゅう》の仕上げにとりかかった。それが終わると、今度は新しいのにとりかかった。それはとくにポッスルのために選んだ言葉で、『油にふれる者は、みな汚《けが》されるであろう』とぬいつけるつもりだった。

次の夜になった。ポッスルは親方からこまごまとした注意を受けたあと、今夜もダーティー横町《よこちょう》に出かけた。ストランド街までいっしょについていったポールキャットは、たいまつをかかげて遠ざかっていく弟子《でし》を見送りながら、心配したり、じまんに思ったりした。ふむ、ポッスルもなかなか堂々としているわい。あんなふうに歩いているところなんか、まるで太陽や、月や、星を全部一人で支えているみたいじゃないか。

実はそのとき、ポッスルもポールキャットと同じようなことを考えていたのである。自分が光を支配していると思うと、気持ちも自然と大きくなってくるようだった。

「灯《あか》りはいかが」

「クリフォード旅館までたのむ。道はわかるかね」

「チャンスリー通りのはずれですね」

男の人はうなずき、ポッスルは歩きだした。歩きだして間もなく、家と家のあいだのせまいすきまから低い声が聞こえてきた。そっちのほうにたいまつをむけると、女がぼろを着た子どもをかかえて寒さにふるえていた。急に光をあてられた女は、まぶしそうに顔をしかめながらも、自分のみじめなありさまを照らしだした相手をにらみつけた。ポッスルは、足をとめた。まるで、この光景を客にしっかりと見せようとするように。

「どうした」客はいった。「おれたちには関係ないことじゃないか」

ポッスルがたいまつを引っこめると、女と子どもはふたたび闇《やみ》にのまれてしまった。少し行くと、ポッスルはまた立ちどまった。足のない男が、おかゆのなべに腰《こし》をかけ、つめやこぶしで地面をひっかくようにしてはいずりまわりながら、路地《ろじ》の入口からまぶしそうにこちらを見あげていた。男の不幸な生活が、ポッスルの情けようしゃのない光にすみずみまで照らしだされていた。

「さあ、行こう」客はせかした。「どうせ見せるんなら、もっとましなものにしてくれよ」

そこでポッスルは気をきかせて、ある家の玄関《げんかん》に腰《こし》かけていた二人の恋人《こいびと》を照らしてみせた。恋人たちにどなられたので、ポッスルはすぐにたいまつを引っこめたけれども、客のほうはずいぶんがっかりしたようだった。

クリフォード旅館の前まで来ると、若い女が壁《かべ》に寄りかかって泣いていた。ポッスルはまたしても足をとめた。たいまつの灯《あか》りに、涙《なみだ》にぬれた顔がうかびあがった。女はひどい傷を負っていて、顔じゅうにかわいた血がこびりついていた。

「もううんざりだ」客はいった。「夜のみじめな光景がまた見たくなったら、おまえをやとうことにするよ。だが、それまでは、おれに近づかないでくれ」

客は三ペンスだけはらうと、ポッスルを追いはらった。その夜はそのほかに二度お客がついた。ところがポッスルは、そのたびに、最初の客と同じように、暗闇《くらやみ》にひそむ人々の不幸や、おぞましい光景を見せながら道案内をしたのだ。わざとそうしているのではなく、三度ともまったくの偶然《ぐうぜん》だったのだけれども。

ちょうどろうそくの炎《ほのお》にガが飛びこんでくるように、ポッスルのたいまつには、ありとあらゆる不幸や悲しみが引き寄せられてくるみたいだった。おかげで、ポッスルには悪い評判が立ってしまった。一度ポッスルをやとった客はみな、あの灯《あか》り持ちは二度とごめんだといいあった。あの子どもに照らされて家に帰るくらいなら、街灯の薄暗《うすぐら》い灯りだけでがまんしたほうがまだましだ、と。

夜明けに、ポッスルはスリー・キングズ広場に帰ってきた。それを見て、疲《つか》れた顔をしているな、とポールキャットは思った。だが、べつに心配するほどのこともないだろう。一晩じゅう働いてきたのだから、くたびれるのもまあ当たり前だ。ポールキャットはかせいできたお金を受け取ると、スープを温めてやり、寝《ね》かせてやった。

次の夜もポッスルは仕事に出ていった。だいぶこつも飲みこんできたので、うまくお客をつかまえることができた。そしてやはり今夜も、薄気味《うすきみ》悪い道案内をして、不幸な光景に出くわすたびに照らしてみせた。街角《まちかど》で泣いている男たち。子どもの死体。ふいに灯《あか》りをむけられて、恐怖《きょうふ》に目を見開いている泥棒《どろぼう》。絶望にうちひしがれた人々が、路地《ろじ》という路地にあふれていた。ふだんは闇《やみ》にかくれているそういう人たちの姿を、ポッスルのたいまつは出しぬけに照らしだすのだった。

こうして、ポッスルのたいまつは闇《やみ》に光を投げかけていった。

ときどき、この子どもはひとの不幸を楽しんでいるんじゃないだろうか、という感じさえすることがあった。それというのも、不幸な光景を食い入るように見つめているポッスルの顔は、いつもかがやいていたからである。でも、よく見ると、その目は真剣《しんけん》な光をうかべていた。それで、楽しんだりしているのではないのがわかった。

もし、これが昼間なら、ポッスルが照らしだした光景も、それほど恐《おそ》ろしくはなかったのかもしれない。しかし、夜、暗闇《くらやみ》のなかからうかびあがるとき、それはまるで地獄《じごく》のようで、不気味でおぞましかった。そのようなものを照らしてみせるポッスルには、常識とかふつうの感受性が欠けているとしか考えられなかった。

親方のポールキャットは、そんなことはもちろん何も知らなかった。ポッスルはもともと無口な子で、めったに口をきかなかったのだ。せいぜい、話しかけられたときに返事するくらいだった。実はポールキャットは、話し相手がほしくてならなかったのだけれども、ポッスルのほうは気づいている様子もなかった。それでも、息をしたり、物を食ったり、いろんな物音を立ててくれる。それを聞いているだけでもましだった。それに、同じ屋根の下で寝起《ねお》きをする相手ができたというのが、何よりもうれしかった。食事を作ってやってもお礼をいうでなし、まるでいつまでも元気な父親みたいにこっちのことを無視している。いちいちしゃくにさわるやつだが、それさえ何となくうれしい。ただ、あいつももうちょっと太らないとな、とポールキャットは思った。あんなにやせこけて青白い顔をしていちゃいかん。毎朝仕事からもどってくるたびに、あいつはますます青白くなって、ぺらぺらにすきとおってくるじゃないか。あの調子じゃ、そのうち骨と皮だけになっちまうよ。

ポールキャットは一週間続けて見習いを仕事に行かせた。七日目には雨になった。そこで、こんな夜にはいつまでも出歩いているやつはいないから、真夜中すぎには帰ってこいよ、といいきかせて送り出した。

雨は強くはなく、どちらかというと霧雨《きりさめ》に近かった。夜が泣いているかのように、細かい雨つぶが空から落ちてくる。たいまつが雨にぬれて、ジュッといったりパチパチいったりしながら、もうもうと煙《けむり》を立てた。いつものコーヒー店から、男たちが何人か出てきたけれども、みんなポッスルの道案内にはうんざりしているらしく、だれもやとってくれようとしなかった。そのたびにポッスルは、親方のまねをして、川に落ちておぼれ死んでしまえ、と悪態《あくたい》をついた。同じ悪態でも、ポッスルのたよりなげな口からささやかれると、みょうに迫力《はくりょく》があった。ついでにそのキラキラした目でじっと見つめてくるものだから、なおのこと不気味だった。でも、ポッスルのほうでは、客を呼び寄せるおまじないのようなつもりでいっていたのである。

するとおまじないがきいたのだろうか、コーヒー店からまた別の男が出てきた。この男はポッスルをやとったことがなかった。象みたいに大きな体をしている。だらしない服装、苦虫《にがむし》をかみつぶしたような顔。男は、ポッスルがかざしているたいまつを横目でじろりとにらんだ。

「灯《あか》りはいかが」

男は不機嫌《ふきげん》そうにうなりながら何ごとか考えていたが、やがて聖書の言葉をつぶやいた。

『内なる光が暗くならないよう、気をつけよ』」

それからはなをすすり、手の甲《こう》でぬぐった。

「わかったか」

「はい。しっかり気をつけます。どこまで行くんですか」

「レッド・ライオン広場だ。知ってるか」

「ハイ・ホウボーン通りのむこうですね」

「ああ、そのへんだ。さあ、やってくれ」

ポッスルはたいまつをかかげ、歩きだした。大柄《おおがら》な男はあとからゆっくりとついてきた。雨は強くはなかったけれども、道はもうすっかりぬれていた。丸い敷石《しきいし》のあいだを流れる雨水にたいまつの炎《ほのお》が映って、赤い小さな川のように見える。ポッスルは客のいいつけをしっかりと守って、道のまんなかを歩いていった。うしろからついてくる客が、気難《きむずか》しそうにブツブツいったり、うなったりしている。雨に降られたのを怒《おこ》っているのだ。こんな客からは、一ペニーでもはらってもらえたらついてるほうだろうな、と思った。しばらくすると、二人はグレイズ・イン法学院の裏通りに入った。とある家の玄関《げんかん》に、ぼろのかたまりのようなものがちらりと見えた。ポッスルは思わず足をとめた。大男の客はつんのめりそうになりながら、やっとのことで立ちどまった。

「どうしたんだ、いったい」

「いいえ、別に。ただ、ちょっと、灯《あか》りに、あの、灯りに映ったんです――」ポッスルはすまなそうにたいまつを玄関《げんかん》のほうにむけた。闇《やみ》のなかから、ぼろのかたまりがくっきりとうかびあがった。ぼろの中身は枯枝《かれえだ》みたいにやせた女だった。うでも、ほおも、まるで枯葉のようにひからびている。死んでいるのか、死にかけているのかわからないけれど、とにかくそのどっちかだった。

ポッスルは身じろぎもせずにつっ立っていた。たいまつの炎《ほのお》が絶え間なく燃え続け、降りそそぐ雨にジジジジと音を立てた。客はぶつぶつ文句をいうのをやめたかと思うと、フーッと大きなため息をついた。それからその大きな体を、まるでもてあましているようにゆらゆらと左右にゆらした。

客はステッキを持っていた。護身用の太い棍棒《こんぼう》だ。それでぼろのかたまりをつついた。何の反応もない。ポッスルがたいまつを女の顔に近づけた。あざだらけの、ただれた顔。傷口が雨にぬれて、ぬめぬめと光っている。たいまつをもっと近づけると、まぶたがかすかに動いた。と突然《とつぜん》、女の口から、人の指ぐらいの青白い炎《ほのお》がパッと飛び出し、そしてすぐに消えた。まるで、たったいま体から魂《たましい》がぬけていったかのようだった。

「もっとはなれろ」客の大男は低い声でいうと、ステッキの先でポッスルをおしのけた。「ジンをしこたま飲んでるんだ。見たろ、今のを？ 口から青い火が出たのを。たいまつを近づけたから火がついたんだ。もっとはなれろ。焼け死んだりさせちゃ大変だ」

客はもう一度ポッスルをステッキでつついた。それから、ぶつぶつ文句をいいながら、大きな体をかがめた。着ている服が今にもはちきれそうだ。客は、酔《よ》いつぶれた病気の女をまるでよれよれの古着みたいにひょいとだきかかえ、そして肩《かた》にかついでしまった。

「さあ、行くぞ」

「どこにですか」

「家だよ。こんなきたないものを、もっと遠くまでかついで行けっていうのかい」

「どうするんですか、その人を」

「食っちまうんだよ。コショウと塩をたっぷりかけてな。それから、骨はうちの猫《ねこ》にくれてやるんだ」

肩《かた》にかつがれた女が、しわがれた声でうめいた。

「心配するなって、あんた。安心しな。もうじき、あったかい所に連れてってやるからな。さあ、ぼうや、急いでやってくれ。急がないと、ジンのにおいでこっちまでまいっちまう」

すぐにレッド・ライオン広場に出た。女を背負った大男の影《かげ》が、立派な家々の壁《かべ》に大きく映った。家のなかにいる人たちも、大きな影が動いていくのにきっと気がついているはずだった。でも、たいまつを持っているので、ポッスルの影は映らなかった。それどころか、強烈《きょうれつ》な光に姿までかき消されてしまいそうになっている。それで、影だけを見ていると、背中に不気味なこぶのある怪物《かいぶつ》が一匹《ぴき》、火の玉のあとからのっそりと歩いているみたいだった。

そのうち、火の玉と不気味な影《かげ》はとまった。影がさらに大きくなって、とある一軒《けん》の家をすっぽりと包みこんだ。それからその影の持ち主は、おごそかなしぐさでていねいに背中のこぶを取りはずすと、かがんで、玄関《げんかん》のドアに寄りかからせてやった。そして、ポケットに手をつっこみ、灯《あか》り持ちにはらう小銭《こぜに》をさがした。

いつのまにかあたりが暗くなっていた。大男は立ちあがって、ふり返った。男の子もたいまつも消えている。広場には人っ子ひとりいない。灯《あか》りもない。そのときフィッシャー通りのほうから、かすかな灯りが近づいてくるような気がした。かなりの距離《きょり》だ。灯り持ちのたいまつかもしれない。だが、はっきりしなかった。足もとの女がまたうめいた。男は家のドアを勢いよくドンドンたたいた。それから、もう一度フィッシャー通りのほうをながめてみた。しかしさっきの灯りは消えていた。男は何か信じられない経験をしたように思い、頭をふった。玄関《げんかん》のドアが開いた。入る前に、男は思わず空を見あげた。もしかすると、奇跡《きせき》をつげる新しい星がかがやいているのでは……。しかし、星は出ていなかった。まっ暗な空から雨が落ちてくるだけだった。

ポッスルはレッド・ライオン広場から消えてしまっただけでなく、スリー・キングズ広場からも消えてしまった。夜がどんどんふけていくなかで、ポールキャットは帰ってこない見習いをいつまでも待った。しょっちゅう下までおりていっては、雨のなかを、コベント・ガーデン付近の迷路のような路地《ろじ》をさがしまわった。迷子《まいご》になっちまったのかもしれない、と思った。コベント・ガーデンの近くでは、よく道に迷う人がいるのだ。ストランド街まで行って、たいまつが燃えつきてしまうまでさがしもした。しかし、ポッスルはどこにもいなかった。しかたがないので、アパートにもどることにした。階段をのぼりながらも、もしやという期待にポールキャットの胸は高鳴った。いつもポッスルが寝《ね》ている部屋に、ぬき足さし足でしのびこんだ。

ちょっとでも音を立てたら夢が消えてしまうんじゃないか、と恐《おそ》れているように。でも、そんな心配をする必要はなかった。鉄底のブーツでドカドカふみこんでいったとしても、同じだったのだ。部屋にはだれもいなかったのだから。

夜が明けると、ポールキャットは改めてさがしに行った。安っぽい太陽の光がやけにまぶしかった。あちこち歩きまわり、人にきいたり、裏通りや路地《ろじ》をしらみつぶしに調べたりした。ポッスルが働いていたという教会にも行ってみた。教会の聖堂番はポッスルのことを覚えてはいたけれども、ここんところ何日も見かけていないと答えた。もしかすると、死んじまったのかもしれないなあ。聖堂番はいった。よくあるんだよ、そういうことは。とくにああいうおとなしい子はねえ……。

夜になった。ポールキャットは点灯《てんとう》の仕事が終わると、もう一度さがしに出かけた。たいまつをかかげ、通りという通りを歩いては、時にはそっと、時には大声で見習いの名前を呼んだ。どの路地裏《ろじうら》の暗がりにひそんでいるかもしれなかった。ポールキャットは耳をすまし、だれかが動く気配《けはい》がしたり、息づかいの音が聞こえたりするたびに、そちらのほうに灯《あか》りをむけた。しかし、照らしだされたのはどれも、ポッスルがいつもお客に見せているような、恐《おそ》ろしくも悲しい光景ばかりだった。そういった身の毛もよだつようなものばかり見ているうち、それはポールキャットの心のなかにまで入りこんでしまった。ちょうど、たいまつの炎《ほのお》が胸をこがすようにして。

二晩と二日、点灯夫《てんとうふ》は街じゅうをさがしまわった。スリー・キングズ広場のアパートには、ほとんど帰らなかった。ポールキャットはつらかったのだ。もしかすると、と胸をはずませながらアパートのドアを開ける。だがやはり、自分をむかえてくれるのは、ごてごてしたきたない部屋と、剝製《はくせい》のガラスの目しかない。そんなくり返しにはもうたえられなかった。ポッスルは消えてしまったのだ。地上からすっかり姿を消してしまったのだ。

ポールキャットはとうとうテムズ川にまでさがしに行った。川はきらいだった。黒い水は不気味だし、それに、川には死のにおいがただよっている。川船の船頭《せんどう》にきいてみた。男の子を見かけたとか、発見したということはなかったかね。やせていて、目がキラキラしてて、すきとおるような顔をした子なんだが……。すると、こんな答えが返ってきた。いや、知らないね、だが、あきらめるのはまだ早いよ。死体がうきあがって橋に引っかかるまでには、何日もかかることがあるからな。

「あの子は、この世のものじゃなかったんだ」ポールキャットは悲しそうな声でぽつりといった。『鷲《わし》と子ども』で二人の仲間といっしょに酒を飲んでいる時のことだった。その夜は川をさがすのはやめにしていた。

ポールキャットの話をきいて、二人の仲間もサム・ボールドの葬式《そうしき》に出ていた男の子のことを思いおこしてみた。けれども、あの子どもがポールキャットといっしょに帰ったことまでは覚えていなかった。二人のうち一人は、ポッスルが一人で帰ったものと思っていたし、もう一人は、宴会《えんかい》からあとのことは何一つはっきりと覚えていなかった。

「まったく口数の少ない子だったよ」ポールキャットは元気のない声を出した。「なんていうか、ひっそりと霊気《れいき》がただよっているような感じでなあ。そばにいる時には、たしかにいるっていう感じがするんだが、いったんはなれてしまうと、ほんとにいたのかどうか、わかんなくなっちまうんだ。それに顔が、なんていうか、こう、不思議にかがやいているんだ。まちがいない、あの子は精霊《せいれい》かなんかだったよ。とにかく、おれはそう思ってる」

「精霊《せいれい》って、どんな精霊かね?」仲間の一人が、興味をひかれた様子できいた。「ひょっとすると、天使みたいなもんかね」

「ちがう、ちがうんだ」ポールキャットはむきになっていった。「夢なんだ。つまり、おれの頭のなかから生まれた夢なんだよ。つまり、霊《れい》なんだよ。まるで、まるで――」

「お化けみたいなもんかね」ともう一人の仲間がからかった。

ポールキャットは相手をジロリとにらみつけた。その年老《としお》いた目が涙《なみだ》でいっぱいなので、にらまれたほうはびっくりしてしまった。

「実にいい夢だった」ポールキャットはひとり言のようにつぶやいた。「さめなけりゃよかったのに、まったくなあ」

ポールキャットは立ちあがると、川の上に張りだした窓のほうに行き、黒い水をぼんやりとながめた。ゆらゆらゆれる水面《みなも》に顔が映った。うかんでいるような、おぼれているような、みょうな感じがする。

「まったくなあ」ポールキャットはくり返しつぶやいた。「まったく――」

するとそのとき、ポッスルが酒場に飛びこんできたのである。

「い、いったいどこに行ってたんだ！」ポールキャットは金切り声を出した。

「ぼく、見つけたんだよ、この子を！」ポッスルはきらきらと目をかがやかせ、ポールキャットの顔を見あげた。

ポッスルは、信じられないほどきたない子どもを肩《かた》にかついでいた。ちょうど、あの大柄《おおがら》な客がぼろのかたまりのような女をかついでいたと同じように。豆つぶみたいにちっちゃな子どもだった。顔はべとべとによごれ、いかにもシラミがたかっていそうな髪《かみ》は、ごわごわに固まっている。

「川から助けてやったの。ソールズベリー階段のそばで。だから、今まで家をさがしてやってたんです。でも、家はないみたいなの。ぼくとおんなじなんです。だから、思ったの。あの、この子も、ぼくみたいに親方の見習いにできないかなって」

ポールキャットがだまっているので、ポッスルはしゃべり続けた。「名前、カイダンにしたんです。ソールズベリー階段から川に落ちたでしょ？　だからなの。連れてってもいいでしょ？」

ポールキャットは何もいわずにだまっていた。また一人食わせていかなきゃならんのかと思うと、頭がいっぱいになってしまったのだ。それに、この調子じゃ、この先こいつは、こんな子どもをいったい何人拾ってくるかわかったもんじゃない。だが、それにしても、ポッスルのやつはなんてすばらしい目をしてるんだろう。どんな街灯よりも明るくかがやいているじゃないか。これはいったいどういうことなんだ？　さっぱりわからない。だが、この目のかがやきがもし消えてしまったら、夜の闇《やみ》はたまらなく恐《おそ》ろしくなるだろうな。それぐらいは、このおれにもわかるぞ。ポールキャットは小さな声でううっとうめいた。それから考えた。帰って部屋をそうじしなけりゃならんな。だれもやってくれないんだから、おれがやるしかないんだ。いろんな道具もきちんと片づけなけりゃならん。これも、おれがやるしかない……。

「ポッスル、おまえに貸してやったのは、上等のたいまつだったんだぞ」ポールキャットはあきれていった。「それをなんだ、そんなにひん曲げちまって。おおかた、どっかの窓でもくぐりぬけてきたんだろう。まあ、いい。そのうちおまえも、教会の窓にでもかざられることになるだろうからな。聖者《せいじゃ》みたいに、体に矢をいっぱいつきさされてな。おまえの運命は、まあそんなとこさ。使徒《ポッスル》とは、まったくよくいったもんだ。ほんとの話。さあ、帰るぞ。そのちびもいっしょだ」

ポッスルはにっこりとほほ笑《え》んだ。その顔を見て、ポールキャットはふと、おれたちはほんとに似たもの同士だな、と思った。

鏡よ、鏡

フライアーズ通りは、ガラス屋横町《よこちょう》と靴屋街《くつやがい》のあいだを走っている。そのフライアーズ通りのとある街角《まちかど》に、パリス親方は立派な店をかまえている。あたりには十一月のものさびしい夕暮れがせまっているのだけれど、パリス親方の店のショーウインドーだけは、あかあかとかがやいている。何列ものろうそくの炎《ほのお》が、一糸乱《いっしみだ》れずにおどっているのだ。しかしよく見ると、実はろうそくは一本しかなく、それが、まわりに並べられたいくつもの鏡に映っていたのだとわかる。パリス親方は、鏡の枠《わく》に装飾《そうしょく》をする細工師《さいくし》なのである。ショーウインドーの鏡は、どれもみごとな枠におさまっている。そして、枠に刻まれた丸々と太った金色の子どもや、たわわに実った金色のブドウが、店の前を通りかかる人たちにおいでおいでをしている。

家のなかの食堂では、ちょうどみんなが夕食の席についたところだ。パリス親方とおかみさん――二人とも中年にさしかかろうという、目鼻立ちの整った人たちだ――お嬢《じょう》さんのルシンダ。そして新入りの見習いの、ナイチンゲール。

ナイチンゲールはたったいま着いたばかりで、テーブルにつく前にきちんと手を洗う間もないほどだった。ついさっきまで、ナイチンゲールはハーフォードシャーの田舎《いなか》で指物師《さしものし》をしている父親といっしょに、ロンドンの街を歩きまわっていた。そして、大都会の光景をながめて、圧倒《あっとう》されてきたのだった。今日は悲しい日だった。父とむすこはロンドンじゅうを歩きまわりながら、言葉にいい表せない別れを何度も交《か》わした。ビールで乾杯《かんぱい》をするたびにジョッキごしに視線を交わし、手をぎゅっとにぎりあい、何かをいいかけてはとちゅうでだまりこみ、暗い気持ちに包まれた。

これまでナイチンゲール親子ははなればなれになったことがなかった。あったとしても、せいぜい一日かそこらだった。しかし、とうとうその時がやって来たのだ。見習いになる代金の十ポンドも、もうはらってしまった。もうあとには引けない。村の牧師さんの言葉を借りれば、ダニエル・ナイチンゲールは人生の荒海《あらうみ》に船出する、というわけだ。そしてこの荒海は、これから先七年のあいだ続くことになっている。そんなむすこに父親がしてやれることといえば、自分がむかし七年間の見習い生活をした時に学んだだいじな教訓を伝えてやること、それくらいしかなかった。

ひとつ、決して親方とおかみさんの仲をさくようなことをしてはならない。

ナイチンゲールは、テーブルのむこう側にいるパリス親方と、こちら側にいるおかみさんの顔を見比べてみた。二人とも同じようににこにこしながら見つめあっている。

ふたつ、親方とおかみさんには決して告げ口をしないこと。また、親方夫婦のことはやとい人同士でおしゃべりしないこと。

油だらけの、きたない女の子が、ヒツジの肉をのせた皿と大きなナイフを持って入ってきた。女の子は皿とナイフをテーブルに置きながら、意味ありげな目つきでこちらをチラッと見た。ナイチンゲールはぞっとした。

みっつ、親方を親のようにしたうこと。

ナイチンゲールはパリス親方の目をとらえようとした。が、なかなかこっちを見てくれない。しかたがないので、ほんとうの父さんのことを考えてみる。つい二、三時間前まで、ナイチンゲールは「ダニエルや……ダンぼうや」などと呼ばれ、かわいがってもらっていた。でも、もうだれもそんな呼び方はしてくれない。ただのナイチンゲールになってしまったのだ。

ナイチンゲールなんていう鳥みたいな名前になっちゃったんだから、晩ごはんのお礼には歌でもうたおうかな。目の前に置かれた皿をながめながら、ナイチンゲールはそんなことを考え、クスッと笑った。ナイチンゲールはこれまで、じょうだんなんて考えたこともなかった。なにせ故郷《こきょう》のハーフォードシャーというのは畑ばっかりで、畑にはカブはたくさんなっているけれど、気のきいたじょうだんがなっていたためしはなかったのだ。パリス親方とおかみさんは、あい変わらずにこにこと見つめあっている。食卓《しょくたく》の雰囲気《ふんいき》はとてもいい……でも、器量《きりょう》よしのルシンダお嬢《じょう》さんだけは別だった。

ルシンダは新入りの見習いをきらっていた。どうも、今度の見習いはあたしが女王様だというこことがわかっていない、というのがその理由らしかった。見習いはみんな親方の娘《むすめ》と結婚《けっこん》したがっているのをルシンダは知っていた。でも、そんなふうに他人の出世《しゅっせ》の道具にされるなんてがまんできない。ルシンダは十四歳《さい》になったばかりで、明るい髪《かみ》と、まっ白い肌《はだ》をしていた。でもそれだけじゃなく、人目をひくようなぱっとしたかがやきがあった。娘のそばに置くと、父親の鏡細工《かがみざいく》でさえ色あせてしまいそうだった。

「ねえ、ナイチンゲール」親方があい変わらずおかみさんを見つめたままいった。「七年先にも、こうやって、みんなでにこにこしていたいもんだねえ」

口いっぱいに食べ物をほおばっていたナイチンゲールは、ていねいにうなずいた。と同時に、父さんのことを思い出して悲しくなった。七年も、七年間も……。

食事がすむと、パリス親方は立ちあがってナイチンゲールを寝床《ねどこ》に案内した。見習いは通りに面した部屋の、カウンターの下で寝ることになっている。この部屋は、昼間は展示室をかねた店になっている。そこで、見習いの見るのは仕事の夢ばかりということになって、ねむっている時間もむだにはならないのである。パリス親方は、おやすみというと、ろうそくを一本置いてもどっていった。もちろん親方は、ろうそくは大切に使って、一週間もたせるようにするんだよ、と注意するのも忘れなかった。

新入りの見習いは元気のない声でお礼をいった。そして一人になると、いつものように寝《ね》る前のお祈《いの》りをささげようとひざまずいた。すると、不意にドアがバタンと開いた。びっくりして飛びあがると、戸口にお嬢《じょう》さんが立っていた。わけがわからずにいると、お嬢さんが叫《さけ》んだ。

「ナイチンゲール、そら、受け取って!」

流れ星のようなものがろうそくの灯《あか》りにきらめきながら飛んできた。ハッとして手を出したけれども、それは手をかすめ、ガシャンと床《ゆか》に落ちた。鏡だった。こなごなになった銀色の破《は》片《へん》が、床にちらばっている。ルシンダお嬢《じょう》さんは薄笑《うすわら》いをうかべた。

「おまえ、鏡を割ったね。これで、これから七年、おまえには不幸がつきまとうよ」

「よくねむれたかね」

次の朝、パリス親方がひげそりあとをてかてか光らせて店に入ってきた。見習いは朝六時から夜八時まで働くことになっているので、ナイチンゲールはもうよろい戸を開け、床《ゆか》そうじもすませていた。いつもならなんでも正直に話すのだけれど、今日は父さんの教訓を守らなくちゃ、と思った。決して告げ口をしないこと。ナイチンゲールはうなずいて、「はい」と返事した。ほんとうは、七年間不幸がつきまとうというお嬢《じょう》さんの不吉《ふきつ》な予言が気になって、ねむるどころではなかったのだ。

親方の家族といっしょに朝食をとった。ルシンダお嬢《じょう》さんは窓からさしこんでくる朝日に包まれているので、まぶしくてどんな表情をしているのかわからない。七時半に、親方に連れられて仕事場のほうに行くと、職人がもう働いていた。預言者《よげんしゃ》みたいなはげた頭と、木の根っこみたいな手をした老人だった。

「ジョーブ」親方が職人に声をかけた。「ナイチンゲールを紹介《しょうかい》しよう」

職人は顔をあげると、にっこりとほほ笑《え》んだ。この家の人はみんなにこにこしている。お嬢《じょう》さんは別だけど。なに、あの子だってそのうち変わってくるさ。ハンサムなナイチンゲールはなかなかの自信家だったので、そんなことを考えているうちにだんだん気が楽になってきた。

「ナイチンゲール、こっちに来なさい」親方がいった。「これを見てごらん」

親方はイーゼルにかけてあった布を取った。なかから立派な鏡が現れた。

「よーく見るんだ。時間をかけて、じっくりと。そして、何が見えるか教えてくれ」

ナイチンゲールはできるだけそっくりに親方をまねてほほ笑《え》むと、いわれたとおりに鏡をのぞきこんだ。少し赤らんだ色白の顔が、鏡のむこうからおずおずとほほ笑んできた。まだ週に一回もひげをそればいい、若い顔だ。

「ぼくの顔です、親方」

「そうかね」

ナイチンゲールはがっかりした。親方の声がいかにも不満そうなのだ。いったいどう答えればよかったんだろう？　突然《とつぜん》足が宙にういてしまったような気持ちになった。

「ナイチンゲールくん、きみはちょっとばかりうぬぼれすぎているんじゃないのかね。わたしの仕事場に、自分の顔がかざってあるなんて考えるとはね。そんなことするはずないじゃないか。いったいそんなものをだれが買ってくれる？」

職人のジョーブがクスクスと笑った。ナイチンゲールは赤カブみたいにまっ赤になった。

「ジョーブ、何が見えるか教えてやってくれ」

ジョーブはあい変わらずクスクス笑いながら、そのみごとに整った顔を鏡の前にもっていった。

「ブドウのつると、ブドウの実が見えますな。それから、小さな裸《はだか》の子どもたちが。これは、天使かもしれませんな。子どもたちは主教《しゅきょう》様のかんむりをささげもっている。そしていちばん下には、細かい字でこう刻んであります。『鏡細工師《かがみざいくし》ジョシュア・パリス。ブラックフライアーズ、フライアーズ通り』」

「つまりだね、ナイチンゲール」パリス親方がいった。「ジョーブには鏡の枠《わく》が見えるんだよ。みごとに装飾《そうしょく》をほどこされた枠がね。自分の顔なんか見えやしないのだ」

職人は作り笑いをすると、仕事にもどっていった。一方ナイチンゲールは、七年間の不幸がまちがいなくもうはじまっているのを、つくづくと感じていた。

「この商売についている者はな」パリス親方は鏡に布をかけながら話を続けた。「鏡をのぞいちゃいけないんだよ。鏡そのものを見なけりゃならんのだ。それは、親方だろうと、職人だろうと、見習いだろうと同じことだ」

「はい、わかりました、親方」

「鏡というのは」パリス親方はふんぞり返りながら、話を大きくしていった。「無なのだよ」

「はい」

「しかし、また同時にすべてでもある。ちょうど、人生みたいなもんだな。自分が与《あた》えたものしか返してくれない。こっちがほほ笑《え》むと、鏡もほほ笑む。にらみつけたりすれば、みじめさが倍になって返ってくる」

「はい、親方」

「人生とは鏡である」パリス親方は深遠な思いにふけりながら語った。まるで、頭のなかの鏡に、考えをあれこれ映してながめているようだった。「だから、なまけ者の見習いは、なまけた分しか人生から得ることができない」

「はい、親方。その言葉、肝《きも》に銘《めい》じます」

「鏡からも、鏡細工《かがみざいく》の仕事からも、じつに多くの知恵《ちえ》を学ぶことができるのだぞ、ナイチンゲール。よく、鏡のように澄《す》んだ心で考える、というじゃないか」

「あれが親方の口ぐせなんだよ」親方が行ってしまったあとで、職人のジョーブが説明した。「この前の見習いにも、同じことといってたんだ。その前の見習いの時も同じだったよ」

「その二人はどうなったんですか」ナイチンゲールは木くずをせっせとはき集めながらきいた。「七年間つとめあげなかったんですか」

それまでおかしそうにクックッと笑っていた老職人は、何かむかしのことを思い出したようにうっすらと笑《え》みをうかべると、またうつむいて仕事を続けた。

「わしの口から教えるわけにはいかんな。いいか、告げ口をしないこと、というじゃないか。見習いだけじゃなく、職人にも通用するいい教訓だよ、これは」

九時を過ぎてまもなく、店のほうでチリンチリンと鈴《すず》がなり、ナイチンゲールは親方に呼ばれて手伝いにいった。言葉の上品な背の高い紳士《しんし》が、奥《おく》さんにプレゼントする鏡を選んでいるところだった。親方は図案帳を何冊も見せたり、ナイチンゲールに見本の鏡を持ってこさせたりした。ところが、おどろいたことに、はじめのうちはいばっていた紳士が、だんだん借りてきた猫《ねこ》みたいにおとなしくなってしまったのだ。図案に気難《きむずか》しい注文をあれこれつけていたのに、鏡を見せられるとなんでもこちらの言いなりになってしまった。そして紳士は、ありふれた卵形の鏡を選ぶと、値段と配達の日取りを決め、にげるようにして帰っていった。

ナイチンゲールはドアを開け、おじぎをして、紳士《しんし》が馬車に乗りこむのを見送った。

「うぬぼれのかたまりだな」パリス親方は、図案帳と鏡をナイチンゲールに片づけさせながらいった。「あの紳士《しんし》は、よっぽどうぬぼれが強いんだ。気がついただろう、鏡をしっかり見ようとしなかったのを？　自分の顔を見るのをあんなにいやがっているのは、うぬぼれが強い証拠《しょうこ》なんだ。自分の顔はこれこれだと思いこんでいるものだから、その思いこみをこわされるのが怖《こわ》いんだよ。あのぶかっこうなかぎ鼻を見ただろう？　おおかたあの紳士の頭のなかでは、あの鼻は、貴族にふさわしい堂々とした鼻ってことになっているんだよ。それから鼻の下に、毛のはえたほくろがあったね。あれも、おおかた本人は、チャーム・ポイントぐらいに思ってるのさ」

ナイチンゲールはうなずきながら、ふと思った。ルシンダお嬢《じょう》さんはしょっちゅう鏡をのぞいているけど、あれはうぬぼれているんじゃないんだろうか。それとも、お嬢さんだけは例外なんだろうか。


一時に昼食をとった。職人のジョーブは仕事部屋で食べ、ナイチンゲールは油だらけの女の子を手伝って料理を運んできてから、親方たちといっしょに食べた。

「わたしはね、目鼻立ちの整っていない若者は見習いにとらないことにしてるんだよ」パリス親方はにこにこしてテーブルのみんなを見わたした。ナイチンゲールは顔が熱くなった。なんとか皿のごちそうに気持ちを集中しようとした。

「そのとおりですわ、あなた」おかみさんはそういいながら、ナイチンゲールをちらりと見て、それからまた親方にほほ笑《え》みかけた。「ほんとに、この子の顔は申し分ありませんものね」ほめられてうれしかったけれど、ナイチンゲールはなおのこと赤くなった。それにルシンダお嬢《じょう》さんの鋭《するど》い視線が、体じゅうにつきささってくるようでたまらない。

「この商売ではね」親方はだれに語りかけるともなくいった。「左右の目の形がちがったり、ほおに傷があったり、歯並びが悪かったり、鼻が曲がっていたりすると、とても不利なんだよ。わたしは、そのような顔をしている若者はお断りすることにしてるんだ。だが、体のほうは、そううるさいことはいわない。はっきりと目に見えるわけじゃないからね。なんでも、職人のジョーブは、片方のおしりがたれさがっているらしいよ。それに、ひざもだいぶはれあがっているらしい。だが、そんなことはどうでもいいんだ。わたしとしては、たとえ義足《ぎそく》をつけていようが、そんなことは別にどうでもいいんだ。清潔にさえしてあればね。だが、顔だけは別だ」親方は言葉を切って、おかみさんのほうに特別にすてきな笑顔《えがお》を向けた。「顔だけは完璧《かんぺき》でなけりゃいけないんだよ。この商売をやっている者は、鏡をのぞいたときに、はずかしい思いをするようなことがあってはいかんのだ。もし、顔に欠陥《けっかん》があるようだと、来る日も来る日も四六時ちゅう鏡を見ているうちに、ゆううつになって、気が変になってしまうからね。われわれ鏡細工師《かがみざいくし》は、自分の顔を平静な気持ちでながめられるようじゃなけりゃいかんのだ。いいかね、うっとりとじゃなく、平静な気持ちでながめるんだ。そこが肝心《かんじん》なんだよ。ナイチンゲール、きみももう気がついているだろうが、うちの家族はみごとな美男美女ぞろいだろう？」

ナイチンゲールは顔をあげ、親方の右側にすわっているお嬢《じょう》さんに目をむけた。そして心からの誠意をこめて、そのみごとな目鼻立ちをしげしげと見つめた。たちまち、お嬢さんの顔には意地悪な表情がさざ波のように広がった。

八時になると、老職人はそのみごとな頭をそびやかし、たれさがったおしりとはれあがったひざをゆっくりと動かして、十一月の夜の街へと出ていった。どこか近所でビールでも一杯《いっぱい》つきあわないか、とナイチンゲールもさそわれた。ほんとうは行きたかったのだけれど、くたくたに疲《つか》れていたので断るしかなかった。ゆうべねむれなかったので、今にもたおれてしまいそうだったのだ。すぐにでも寝床《ねどこ》に入りたかった。

やっとのことで夕食を食べ、食べ終わると、もう寝《ね》に行ってもいいですか、とたずねた。親方は快く許してくれたけれども、ろうそくは大切に使って一週間もたせるんだよ、と注意するのを忘れなかった。

ナイチンゲールは喜んでカウンターの下の寝床《ねどこ》に行った。ところが、上着をぬぐかぬがないうちに、またしてもバタンとドアが開いたのだ。

「ナイチンゲール!」

ルシンダお嬢《じょう》さんだった。ナイチンゲールは、また何か投げつけられるのではないかと、体をかたくした。でも、今夜は何か別の用があるみたいだった。

「あたしの鏡を見せてあげる」お嬢さんはつんとしていった。「部屋に置いてあるの。二階よ。さあ、いらっしゃい」

ナイチンゲールはもうふらふらで、立っているのもやっとだったのだけれど、「わかりました」と返事をした。

お嬢《じょう》さんも、とうとうぼくに好意をもちはじめたんだ。で、こんなふうにして好意を表わそうというんだな。ナイチンゲールは、そんなことを考えながらついていった。階段の手すりにつかまって、ねむってしまわないよう、手すりをつかんだ回数をかぞえながら、ゆっくりとのぼった。お嬢さんの小さな部屋には、親方の仕事部屋をまねて、イーゼルが立ててあり、その上に布をかぶせた鏡がかけてあった。

「鏡を見るのよ。そして、何が見えるか教えてちょうだい」

また試されるんだな、と思った。今度はなんて答えればいいんだろう。鏡枠《かがみわく》をほめればいいんだろうか。それとも、もしお嬢《じょう》さんが映っていたら、お嬢さんをほめればいいんだろうか。どう答えれば、いちばん喜んでくれるんだろう。ここはしっかり考えなくちゃ……。

ナイチンゲールは鏡の前に立ち、頭のなかでいろんな答えを用意した。

布がさっと取りはらわれた。とたんに、ナイチンゲールの口から悲鳴が飛び出した。歯をむきだしたガイコツが、鏡のむこうからニッと笑いかけているのだ。ナイチンゲールは、一瞬《いっしゅん》、自分の不吉《ふきつ》な未来の姿を見たのかと思った。けれども、よく見ると、それは鏡ではなかった。ただのガラスのむこうに、ガイコツが置いてあったのだ。

ルシンダお嬢《じょう》さんが大声でゲラゲラ笑った。ナイチンゲールは恐怖《きょうふ》の部屋からにげだした。そして寝床《ねどこ》にもぐりこみ、恐《おそ》ろしさのあまり激しくすすり泣いた。どうしてこんなにきらわれるんだろう。もう田舎《いなか》に帰りたいよ。これじゃ、今夜もねむれそうにないや……。

翌朝、ナイチンゲールはぎくりとして目をさました。だれかが、ぎょっとした顔をしてこっちをのぞきこんでいる。あわてて飛び起きた。すると、カウンターの上に鏡が一つ、こちらむきに置いてあった。次の瞬間《しゅんかん》、廊下《ろうか》でかすかな笑い声がした。

その日は一日じゅう、みじめなぼうっとした気持ちで過ごした。店の鈴《すず》が何度も鳴り、お客がたくさん出たり入ったりする。そのたびに、ていねいにおじぎをしてむかえ入れ、そして見送った。店のそうじをし、また、気をつけの姿勢をとって、パリス親方が教訓をたれるのに聞き入った。親方の頭には、信じられないほどの教訓がぎっしりつまっているらしかった。そしてやがて一人になると、ナイチンゲールはカウンターのかげにしゃがみこみ、ずきずき痛む頭をかかえて、子どもみたいにおいおい泣いた。

「おまえ、カウンターのかげで泣いてたでしょ」廊下《ろうか》ですれちがったルシンダお嬢《じょう》さんがいった。「街じゅうの人みんな知ってるわよ。あそこ、丸見えなのよ」

ナイチンゲールはあわてて店にかけもどった。するとカウンターの真上に鏡がすえつけてあった。しかも、店の内部が通りから見えるようにかたむけてある。ナイチンゲールはいすにのぼり、鏡をそっととりはずした。おびえきった自分の顔を見るのがいやなので、顔をそむけながら。

このことがあってから、ナイチンゲールは自分の表情や動作にとても注意するようになった。鏡に映った姿を、いつだれに見られているかわからないのだ。

親方はお嬢《じょう》さんのやってることを知っているんだろうか。それともこれは、親方がやらせているんだろうか。こうしてぼくのことを試しているんだろうか。大むかしには火であぶったり、水につけたりして人をきたえたというけれど、ぼくの場合は鏡できたえられているんだろうか。とにかく、見習いはしんぼうだ。しんぼうが肝心《かんじん》なんだ。ナイチンゲールは裏庭のすみにある小さな便所で、そんな物思いにふけった。そんなところに閉じこもっているのも、体のなかにたまっているものを出してさっぱりするというより、心にのしかかっているものを吐《は》き出したかったからだった。実際、いろんなことを考えているうち、少し落ち着いてきた。

天をあおぐようにして、目を上にむけた。すると、ドアの上の換気《かんき》用のすきまから、ひとすじの光がさしこんでいた。鏡だ！　鏡には、ルシンダお嬢《じょう》さんの顔も映っていた。うんざりしたように、さも軽蔑《けいべつ》したように、こっちを見ている。ナイチンゲールはわーっと大声をあげた。すると、鏡もお嬢さんもぱっと消えた。ドスンと飛び降りる音がし、それからバタバタとかけていく足音が聞こえた。

ナイチンゲールはズボンを引きあげ、仕事部屋にもどった。もう、生きているのが申しわけないような、はずかしいような気分だった。それでもほうきを手に取ると、職人のジョーブの足もとにちらかっている木くずをはきはじめた。それがすむと、ジョーブのビールを買いに行った。

ジョーブは、カシの木の葉と子どもの顔の模様を彫《ほ》っているところだった。ノミの頭を木槌《きづち》で根気よくコンコンたたいていく。すると、ノミの先が、まるで人間の指みたいに正確に細かいところまで彫りこんでいく。ときどきジョーブは、仕事の手をとめて、作りかけの枠《わく》を鏡に合わせてみた。そんなとき、その預言者《よげんしゃ》のように大きな頭はうしろにそり返り、目にはうっとりとした表情がうかぶのだった。

「ジョーブさん、ビール買ってきましたよ」

老職人はうなずいた。「そこに置いといてくれ、ナイチンゲール」

ナイチンゲールは言われたとおりにしてから、ジョーブの肩《かた》ごしに作りかけの枠《わく》をのぞいてみた。彫《ほ》られた子どもたちは、どれも同じ顔をしている。ルシンダお嬢《じょう》さんの顔だった。

ジョーブにお嬢《じょう》さんのことをきいてみようかな、とナイチンゲールは思った。ジョーブはお嬢さんのことをどう思ってるんだろう。お嬢さんはジョーブには口をきいてくれるんだろうか。というより、ルシンダお嬢さんって、人とまともに話をすることがあるんだろうか。親方やおかみさんと話しているところなんか見たことないし、親方とおかみさんのほうもお嬢さんのことを無視しているみたいだものな。お嬢さんって、ほんとうの子どもじゃないんだろうか。それとも、お嬢さんって気が変なんだろうか。だから、勝手なことをさせておくのだろうか。鏡のいたずらを放っておくのも、もしやめさせたら、もっとひどいことをするからなんだろうか。

ジョーブならきっと知ってるだろうな。

ジョーブは鏡を見つめたまま、ビールに手をのばした。

「だれの顔かわかるかね」

「ルシンダお嬢《じょう》さんでしょう?」

「よく似てるだろうが。どうだい。ほんとうは、これは天使の顔ってことになってるんだよ。まあ、図案帳ではそう決まっている。しかし、そこでわしはちょっとばかり考えたんだな。こいつをルシンダお嬢《じょう》さんの顔にしたらどうだろう、とな。そうすりゃあ親方も喜ぶじゃないか。なあナイチンゲール、わしもおまえも、親方を喜ばせるのがつとめなんだよ。職人も、見習いも、その心がけを忘れちゃいけないんだ。家にいる時には、父親を喜ばせようと気をつかうだろ？　それといっしょなんだ」

そうか、お嬢《じょう》さんは天使だったんだ。ナイチンゲールは思った。そしてぼくは結局、仕事にはげんで、せっせと親方を喜ばせてあげるしかないんだ。

でも、よくよく考えてみると、そう悲観することもないな。別になぐられたわけでもないし、ケガさせられたわけでもないんだから。「田舎《いなか》生まれの、田舎育ちか」ナイチンゲールはちょっぴり悲しげにつぶやいた。「力はあるが、頭が弱い。でも、別にいいじゃないか」いや、頭だって弱くないさ。ちょっとまじめすぎるだけなんだ。あまり気がきかないのさ。だから、どうせぼくみたいな田舎者がいくら考えてもわからないことは、はじめっから考えないほうがいいんだ。それに——うわさでは、船乗りなんかになったら、もっとひどい目にあうというじゃないか。だから、船乗りにされなかっただけでも感謝すべきなんだ。それに第一、ルシンダお嬢《じょう》さんだって、ぼくが意地悪されてもだまっているのに感心して、そのうちぼくを見る目が変わってくるかもしれないじゃないか。それに、ぼくがやがて立派な見習いになったあかつきには、お嬢さんと結婚《けっこん》することになるかもしれないじゃないか。そういうことはよくあるって話だものな……。

ナイチンゲールはそんなことを考えながら、その日は一日じゅう、希望をもったり落ちこんだりしていた。そしてルシンダお嬢《じょう》さんとすれちがうたび、にっこりとほほ笑《え》みかけた。そのほほ笑みには、どんなに意地悪をされてもぼくはあなたを許しているんですよ、という気持ちと、あなたはほんとに美しい、という気持ちが同時にこめられていた。だが、お嬢さんは完全に無視していた。ところが夜になると――

「ナイチンゲール！」

またしても戸口にお嬢《じょう》さんが立ち、鏡を見にこいと命令するのだ。ナイチンゲールはため息をつきながら、今夜もガイコツを見せられるのかと覚悟《かくご》した。そして階段をのぼりながら、何か気のきいたことでもいって感心させてやろうと、頭のなかで言葉を組み立てた。

「ナイチンゲール、よーくごらん。これがおまえのほんとうの姿よ！」お嬢さんは布を取った。血まみれのブタの頭が現れた。うらめしそうな目でこっちをにらんでいる。

ナイチンゲールは笑い飛ばそうとした。けれども、気持ちが悪くて吐《は》きそうになり、怖《こわ》くて顔をゆがめることしかできなかった。よろよろと部屋を出て、やっとのことで寝床《ねどこ》にもどった。

次の日には、家じゅういたるところに鏡が取りつけてあった。おかげでナイチンゲールは、仕事部屋の横の階段をまっさかさまにころがり落ち、開けてあったドアにぶつかってひたいをぱっくりと割り、また、鏡に映ったまきをまたぎこそうとして、高価な水差しを割ってしまった。

便所には鏡がなかった。カウンターの上にもないようだった。でも、安心はできない。本当にないのだろうか。それとも、ないように見えるだけなのだろうか。ナイチンゲールはもうすっかり自信をなくしていた。

気がつくと、ナイチンゲールは両手を前につきだして、まるで視力を失ったばかりの人のような歩き方をしていた。目の前にあるものが本物なのか、それとも鏡に映っているだけなのか、さっぱりわからない。希望は早く夜になること、それだけだった。暗くなれば安全だし、思い切り泣いても、苦しみに顔をゆがめても、だれにも見られる心配がない。けれどもその時が来るまでは、親方や、おかみさんや、ジョーブのまねをして、精いっぱいほほ笑《え》んでいなければならなかった。

ようやく夜になった。ところが今夜もまた、ルシンダお嬢《じょう》さんが白い精霊《せいれい》のように現れて、鏡を見にくるよう命令したのだ。ナイチンゲールはもうふらふらで、こっくりうなずくのがやっとだった。よろよろと階段をのぼり、いつもの部屋に入った。そこにはネズミの死骸《しがい》が待っていた。

こうして、田舎《いなか》生まれの小鳥ナイチンゲールは、まさにイバラと鏡の恐《おそ》ろしい森に迷いこんでしまったのである。

ナイチンゲールは暗い寝床《ねどこ》にうずくまりながら、自分をこんな恐ろしい人生の荒海《あらうみ》に放り出した父さんをうらんで泣いた。

「ダニエル、おまえにはわしよりえらくなってほしいのだよ」父さんはそんなことをいっていたっけ。「ただの指物師《さしものし》よりもえらくな。細工師《さいくし》の親方になってくれ。そして、いつの日か、大聖堂の座席や、壁《かべ》や、いろんな美しい物に細工をするようになるんだ。それがわしの望みだよ、わかったね」

「それに、おまえも」母さんも、何か遠い思い出にふけるような顔をしていってたな。「お父さんみたいに、いつか親方の娘《むすめ》さんと結婚《けっこん》することになるかもしれないんだよ。奉公《ほうこう》に出た見習いは、みんなそう夢見ているんだから。でもその夢をかなえられるのは、まじめな奉公人《ほうこうにん》だけなの」

「おまえを手放すのは、わしたちとしてもつらいんだよ」

「でも、苦労はいつかきっと報われるからね。決して忘れるんじゃないよ」そういって母さんはキスをしてくれたんだ。

ナイチンゲールは涙《なみだ》に暮れながら、あの時の母さんの言葉とキスをはっきりと思い出した。でも、ほんとうにこの苦労は報われるのだろうか。そういえば、ぼくの前にも見習いが二人いたらしいけど、その二人もこんなに苦しんだのだろうか。お嬢《じょう》さんはその二人のこともこんなにいじめたんだろうか。そうかもしれないと思うと、なんだか少し気が楽になった。たぶんその二人は、にげだしたんだろうな。見習いが親方の家からにげるなんてすごく悪いことだけど、もうそんなことはどうでもよかったんだろう。ナイチンゲールの口もとがちょっとほころんだ。きっとその二人は街育ちのスズメみたいなやつらで、ぼくみたいな田舎者《いなかもの》のナイチンゲールとはちがって、世間のこともよく知っていたんだろうな……。

「ナイチンゲールくん、この際はっきりいっておくが」ある日、夕食の席でパリス親方がいった。「きみにはとても満足しているんだよ」親方はいつものように、テーブルの反対側に座っているおかみさんににっこりとほほ笑《え》みかけた。親方の右側には、ルシンダお嬢《じょう》さんが座っている。この家の天使ルシンダお嬢さんが。それともお嬢さんは、この家の悪魔《あくま》？「お父上への手紙にも、きみは礼儀作法《れいぎさほう》を心得たいい子だと書いておいたよ」

ナイチンゲールはにこにこしながらじっと自分の皿を見つめた。ここに来てから一週間が過ぎていた。そしてそのあいだに、この見習いの心はずたずたになっていたのである。まさに、あの割れた鏡の予言どおりだった。

ナイチンゲールは、本当は大声をあげて泣き叫《さけ》びたかったのだ。どうしてこんなひどい目にあわなきゃならないんだ、とわめき散らしたかった。来る日も来る日もありとあらゆる意地悪をされ、そして夜は夜で、寝床《ねどこ》に入る前にかならず、にせ鏡に映った自分の顔を見せつけられる。おまえなんか、軽蔑《けいべつ》する価値もないほどいやらしい生き物なのよ、という言葉をあびせられて。

「見るのよ！　これがおまえの顔よ！　さあ、見るの！」きれいな青い壁紙《かべがみ》の部屋に立って、お嬢《じょう》さんは命令する。そして、布をめくる。鏡の枠《わく》のなかに、ミミズや、絞首刑《こうしゅけい》になった男の首や、割れた室内便器などが現れる。便器には、黒でナイチンゲールと名前まで書いてある……。

「今だから打ち明けるがね」パリス親方は上機嫌《じょうきげん》で話していた。「最初きみをハーフォードシャーから連れてきたときには、田舎《いなか》の子はどうかなと、ちょっと心配だったんだよ。よく聞くじゃないか。都会にやってきた子が、ちゃらちゃらしたつまらんものに夢中になってしまったなんて話を。まあ、いわば、足が地に着かなくなるんだな。いいかい、ナイチンゲール、奉公人《ほうこうにん》には何をおいても親方が第一なんだよ。そうしてこそ初めて、七年間をぶじ乗りこえられるんだ。そしてそのあかつきには、名誉《めいよ》もお金も持っているのだよ」

ナイチンゲールは「はい、わかりました」と返事をし、親方のビールのおかわりを取りに席を立った。

「見るのよ、ナイチンゲール。あたしの鏡をごらん。これが今夜のおまえの顔よ」

ルシンダお嬢《じょう》さんはいつもの自分の部屋に立っている。ナイチンゲールのほうは、布のかかったイーゼルの前でふらふらしている。上着も着ていない。今夜は呼び出されるのがいつもよりおそかったのだ。ナイチンゲールはぼーっとした頭で、今夜は何が出てくるのだろうなんて考えていた。どんな気味の悪い恐《おそ》ろしい物を見せつけて、これがおまえだというのだろう。

「ごらん、ナイチンゲール！」

布が取り去られた。その瞬間《しゅんかん》ナイチンゲールはめまいがし、がーんと耳鳴りがした。目の前のガラスのむこうには——何もない。無なのだ。まっ暗な、底なしの穴が口をあけているだけだった。

計りしれない無にむきあったナイチンゲールは、ショックのあまりヨロヨロッとよろけてしまった。体が、そのまま底なしの穴のなかに吸いこまれそうになる。ガラスの裏側に、黒いビロードの袋《ふくろ》が取りつけてあったのだ。

「無よ。おまえはもう無なのよ。だれでもない、そして、なんでもないのよ」

あしたぼくは、いったいどうなっているんだろう。ナイチンゲールは階段からころげ落ちそうになりながら思った。無のむこうには何があるんだろう。

朝になった。もやがかかり、じめじめして、まるで墓場にでもいるように薄《うす》ら寒い。そこでリューマチもちのジョーブは、自分の代わりに見習いのナイチンゲールを鏡の受け取りにやってくれませんか、と親方にたのみこんだ。こんな日にはリューマチがうずいて、とても歩けやしないんです、というのがその理由だった。

「おい、ナイチンゲール」

「はい、親方。なんのご用でしょう」

「ガラス屋横町《よこちょう》のグリーニングさんを知ってるかね」

「はい。まっすぐ行けばいいんでしょう」

「ナイチンゲール！」

「はい」

「鏡はよーく調べてから受け取るんだぞ。油断をすると、きず物をつかまされるからな。いいかね、ガラスにきずのない鏡を選ぶんだ。銀がはがれているのもだめだ。端《はし》のほうがさびているやつもだめだぞ」

「はい」

「ところで、ナイチンゲール、鏡の良し悪《あ》しはどうやって調べる？」

「あの、見ます。よく見ます、鏡を」

「それで、何が見える？　自分の顔かね。そんなことでは困るなあ。なあ、ジョーブ？」

老職人はひざをなでながらクックックックッと笑った。

「ナイチンゲール、人間の顔は完璧《かんぺき》なものさしにはならないのだよ。たとえ、きみの顔でもね。言葉だよ、きみ。言葉こそ申し分のないものさしなのだ。聖書にも、はじめに言葉があった、と書いてあるじゃないか。さあ、これを持っていきなさい」

そういうと、親方はすっかりしょげ返ってしまった見習いに一枚のカードをわたした。カードには、太字で黒く、何やらわけのわからない文字が書いてあった。ヘブライ語かもしれなかった。

「このカードを鏡に映して読むのだ。そうすれば、すべてがわかるんだよ」

ナイチンゲールは上着をはおると、カードを受け取り、店を出た。一週間ぶりに外出できると思っただけで、ずいぶんと気持ちが晴れた。うしろ手に店のドアを閉めたときには、何かひどく怖《こわ》い夢からさめたような感じさえした。けれども、いったん表に出ると、せっかくの気分も、あたりにたちこめた朝もやにたちまちぶちこわされてしまった。もやのために建物も道路もみんなぼやけてしまい、それこそ夢のなかの光景のようにかすんでいる。これでは、悪夢に満ちた親方の家と同じ、いやそれよりひどかった。おかげでナイチンゲールは、今夜はルシンダお嬢《じょう》さんに何を見せられるんだろう、という不安をはらいのけることができなくなってしまった。無のむこうにはいったい何があるんだろう。

ついつい早足になった。気持ちはしずんでいるのだけれども、寒いので、体のほうが勝手にせかせかと急いでしまう。ガラス屋横町《よこちょう》に着くと、グリーニングさんの店はすぐに見つかった。

グリーニングさんのとこは、店というより倉庫みたいなところだった。なかに入ると、見あげるように高い棚《たな》が作りつけてあって、白い布に包まれた鏡がたくさん置いてある。まるで、巨大《きょだい》な本をおさめた、巨人の図書館にでもまぎれこんだようだった。店の内部は板や梁《はり》がむきだしになっていて、空気が静かによどんでいた。

何度も声をかけたあと、ようやく、店の奥《おく》の暗がりからイタチみたいな顔をした小柄《こがら》な見習いが出てきた。

「パリス親方の鏡を取りに来ました」

「パリスの鏡！」イタチみたいなそいつは、自分が出てきた暗がりにむかって大声で注文を伝えた。

「三番目の棚《たな》の右端《みぎはし》だ。名前が書いてある！」と、これもまた大声の返事があった。イタチみたいな顔をした見習いは、白い布に包まれた鏡を棚《たな》からおろすと、カウンターに置いた。

「布代を六ペンスもらうよ」見習いはこちらの顔色をうかがいながらいった。

「こらあ、今の聞こえたぞ！」店の奥《おく》の声がどなった。「布はただだ。おまえ、知ってるくせになんだ！」

イタチはやせた肩《かた》をすくめ、

「こっちも、生活楽じゃないんだよな」と人なつっこい声でいった。ナイチンゲールは思わずクスッと笑った。その見習いのうそは、ナイチンゲールでさえ見ぬけるほど見え見えだったのだ。でも、相手はちっとも悪びれた様子もなく、カウンターごしににこにこと笑いかけてきた。

「大変だろ、おまえんとこは」

「え、どういうこと？」ナイチンゲールはドキリとした。

「パリスと、あのろくでもない娘《むすめ》だよ」

「そんなことないよ！」ナイチンゲールは恐《おそ》ろしげに体を縮《ちぢ》めた。見知らぬ他人にみじめな毎日の生活を洗いざらいぶちまけてしまうなんて、とんでもない！　ナイチンゲールはもう一度笑った。けれども、それはもう、いつも親方の家で見せているうわべだけのほほ笑《え》みになっていた。

「だけど、おまえ、もうへとへとって顔してるぜ」イタチはじろじろながめまわしてきた。

「おしゃべりはやめて、さっさと鏡をわたしてやれ！」声がまたどなった。

「おしゃべりじゃないですよ。困ってる見習いの仲間を、なぐさめてやってるんです。こいつ、パリスんとこの新入りなんです」

床板《ゆかいた》をドシンドシンふんで足音が近づいてきたかと思うと、グリーニングさんが姿を現した。

その顔を見て、これじゃ店の奥《おく》にかくれているのも当たり前だな、とナイチンゲールは思った。

グリーニングさんはすごくみにくいのだ。とくに鼻がすごい。いぼだらけで、古くなったジャガイモそっくりだ。グリーニングさんは自分とこの見習いをおしのけると、銀灰色《ぎんかいしょく》によごれた手をカウンターについた。

「きみはいつも、そんな青白い顔をしてるのかね。それじゃ、まるで死人じゃないか」ナイチンゲールをじっと見つめる目は、小さくて、キラキラしていて、ガラスの破片《はへん》みたいだった。

「気候に慣れてないせいなんです、きっと」ナイチンゲールはびくびくしながら答えた。

「パリス親方んとこには、いつから来てる?」

「一週間前からです」

「なんてことだ!」

「ぼく、ぼく、楽しくやってます」

「死にかかっている人が、臨終《りんじゅう》の言葉をいっているみたいに聞こえるぞ。そうか。とにかく、鏡を持って早く帰ったほうがいいな」

すぐにでもにげだしたくて、ナイチンゲールは布に包んだままの鏡をひっつかんだ。

「鏡を調べないのかね」

ナイチンゲールはまっ赤になり、すっかり忘れていたカードを取りだした。グリーニングさんは満足そうにうなずくと、包んでいた布を取り、鏡を立ててくれた。ナイチンゲールはカードを銀色の鏡の前にさしだした。すると、たちまちまっ黒い文字がはっきりと映しだされた。


『今わたしたちは、鏡に映るものをぼんやりと見ている。しかしその時には、顔と顔を合わせて見ることになるであろう。わたしの知っているのは、今は一部分にすぎない。しかしその時には、わたしは、自分が完全に知られているのと同じように、完全に知ることになるであろう』


聖書の言葉だった。グリーニングさんは鏡をふせた。

「もういいかね?」

ナイチンゲールはこっくりとうなずいた。そしてそのまま、鏡があったところをぼんやりと見つめていた。さっきの言葉が目の前にうかんでいるような感じがする。でも、それを読もうとするとめまいがする。

「おい、ブランデーを水で割って持ってきてやれ」そういっているグリーニングさんの声が聞こえた。「いいか、勝手に飲んだら承知しないぞ」それからグリーニングさんは、いすのあるところに連れていってくれながら、なぐさめてくれた。「鏡ばっかり見てるもんだから、胃の具合がおかしくなっちまったんだよ。どんなじょうぶな胃袋《いぶくろ》だってそうなるさ」

ナイチンゲールは腰《こし》をおろした。いったいどうしちゃったのか、自分でもわからない。頭がくらくらして、吐《は》き気がする。きっと、店じゅうにただよっているみがき油の強烈《きょうれつ》なにおいのせいだ。ナイチンゲールはそう思うことにした。お礼をいいながら、水で割ったブランデーを飲んだ。思ったよりもブランデーがたっぷり入っていた。グリーニングさんの見習いが、どうせ親方の酒だからというので、気前よく注《つ》いでくれたのだろう。飲み終わるとすぐ、立とうとした。でも、足に全然力が入らない。

「しばらく休んでいくといい。帰り道で鏡を落としたりしちゃあ、大変だからな。七年間不運がつきまとうというじゃないか」

ナイチンゲールはうなずきながら、ブルブルッと身ぶるいをした。それからグリーニングさんの顔を見あげた。鼻がさっきよりもますます大きくなったような感じがする。まるで、世界じゅうをおおいつくしてしまいそうな鼻だ。大きなはげ山みたいないぼ。鼻の穴からはみでた、闇夜《やみよ》の森みたいな毛。そして、この巨大《きょだい》な肉の風景のはるか上空には、グリーニングさんの目が遠い星々のようにきらめいている。

「ぼく、吐《は》きそうだ」

「バケツ、ここにあるよ」イタチがいった。

「ぼく、鏡割っちゃったんです」ナイチンゲールは朝食べた物をすっかり吐《は》いてしまったあと、とうとう打ち明けた。「最初の日に。そのせいなんです」

「そのせいか」とイタチ。

「お嬢《じょう》さんが投げてよこしたんです」ナイチンゲールはちょっと息をついてからいった。「それが、そもそものはじまりなんです」

「なんの？」

「いろんなこと」

「どんなことだよ」

「鏡……鏡が……」

「親方、泣いてるよこいつ」とイタチは声をはずませた。

「こんなこと、ひとにいっちゃいけないんだ」ナイチンゲールはそういうと、一つしゃっくりをした。

「だれにもいいやしないよ」グリーニングさんは暗い声でいった。「鏡がどうかしたのかい？」

「そこらじゅうにあるんです。そこらじゅうに。便所にも、二階にも。二階の鏡が一番ひどいんです」

「だれにもいいやしないよ」とグリーニングさんはくり返した。「どういうことだね、そこらじゅうにあるっていうのは？」

こうしてナイチンゲールは、すべてを打ち明けたのである。

たくさんの煙突《えんとつ》から立ちのぼる煙《けむり》。そのなかでもガラス屋横町《よこちょう》の煙突からは、とりわけきたない煙がもくもくと吐《は》き出されている。そのたくさんの煙とまざり合って、朝もやは濃《こ》い霧《きり》に変わってしまった。グリーニングさんの店から出るとすぐ、ナイチンゲールはその濃い霧に包まれた。それは、この街の十一月の息吹《いぶき》でもあった。もっとも、そのにおいときたら、話にならないほどひどかったのだけれど。まるで、街じゅうの人が同じ安っぽい食事をして、そのあとでいっせいにげっぷをしたみたいだった。

ナイチンゲールは鏡のほかに、同じくらいの大きさの箱もかかえていた。でもその箱のほうが、鏡よりかなりぶ厚かった。箱は重く、時間がたつにつれてますます重くなってくるようだった。でも、心にのしかかっている重苦しさと比べれば、箱の重さなんてどうってことなかった。

神聖なちかいをとうとう破ってしまった。どうして何もかも打ち明けてしまったのだろう。しかも、あんなみにくいグリーニングさんに。きっといつのまにか気を失ってしまい、そのあいだにしゃべってしまったんだ。そうとしか考えられないもの。ナイチンゲールは、納得のいかない自分の行動の理由をさがそうとするように、さっきまでいた奇妙《きみよう》な店をふり返ってみた。でも、店はもう、すっかり霧《きり》にかくれていた。こんな箱なんか捨ててしまおうか、と思った。なかに何が入っているかわからないけど、気味が悪くてしょうがない。

「鏡みたいなもんだよ」とあのイタチみたいな顔をした見習いはいっていた。そして、意味ありげにニヤリと笑ったのだ。

自分で開けちゃだめだぞ、なんてグリーニングさんはいってたな。まずお嬢《じよう》さんに見せるまでは、絶対になかを見ちゃだめだ。イーゼルに置いて、そして明るいところで見せるようにするんだ。グリーニングさんはそんなことをいっていた。するとそれを聞いて、イタチのやつが大声で笑ったっけ。そしたら、グリーニングさんまでもが薄笑《うすわら》いをうかべていた。まるで、恐《おそ》ろしいことを想像しているみたいに。

「なんなんですか、これ。いったいどうなるんですか?」ナイチンゲールは親方を裏切ったはずかしさのあまり、また裏切りがどんな恐《おそ》ろしい結果につながるかを思って、恐怖《きょうふ》のあまりふるえていた。

グリーニングさんはそのみにくい鼻の頭をごしごしこすると、カードに書いてあった言葉をくり返した。

「『その時には、自分が完全に知られているのと同じように、完全に知ることになるであろう』」しかし、それ以上はなんの説明もしなかった。

朝の早いうちは、街は夢のような風景だったのだけれども、今では、夢は夢でも悪夢に変わっていた。これでは、はっと目をさましたら親方の店のカウンターの下で寝《ね》ていた、なんてことになったとしてもおかしくない。これまでだって、現実と見分けのつかない夢を何度も見たことがあるのだから。

そのとき、霧《きり》のなかから炎《ほのお》がゆらゆらと近づいてきた。

「灯《あか》りはいかが」

霧《きり》が出たので、街には、灯《あか》り持ちの子どもたちがホタルのようにくりだしていたのだ。ナイチンゲールはギョッとして飛びあがった。それから、突然《とつぜん》目の前に現れた、血色《けつしょく》の悪い、やせた男の子を見つめた。その子はたいまつを高くかかげていたけれど、炎《ほのお》はかえって濃《こ》い霧をうきあがらせているだけだった。たいまつの光は一メートル先まで行くと霧にはばまれ、はね返されていた。男の子は、その反射してきた光に包まれて立っていた。

「いくらだい」ナイチンゲールはきいてみた。

「いろいろです。距離《きょり》によってちがうから」男の子は、煙《けむ》たそうに目をパチパチさせた。

「フライアーズ通りの、パリス親方のとこなんだけど」

「すぐそこですね。靴屋《くつや》街《がい》のむこうでしょう。あそこなら一ペニーです」

ナイチンゲールはたのむことにした。灯《あか》り持ちは出発した。おどろいたことに、何がかくれているかわからないまっ白い霧《きり》のなかを、ジグザグに曲がりながらさっさと歩いていく。ナイチンゲールはあっけにとられながら、炎《ほのお》を見失わないようにしてついていった。炎からは煙《けむり》がもくもくと立ちのぼり、あたりの霧はいっそう濃《こ》くなった。この子に会う前に箱を捨ててしまえばよかったな。ナイチンゲールはそんなことを考えながら歩いた。

「寒いから、これで少し暖まったほうがいいよ」とちゅうで一度、男の子がそういいながらたいまつをさしだしてくれた。

たいした灯《あか》りにはならなかったけれども、たいまつがあると、たしかに心が休まるような感じはした。

「はい、フライアーズ通り」男の子は急にいった。そしてナイチンゲールが料金の一ペニーをさがしているあいだ、そばで待っていた。勘定《かんじょう》がすむと、男の子はさっと身をひるがえし、薄闇《うすやみ》のなかに消えていった。


「こんなおそくまでどこに行ってたんだ、ナイチンゲール」親方の声は厳しかった。

「あの、グリーニングさんのとこで気持ち悪くなっちゃったんです」ナイチンゲールはおずおずと返事した。その言葉にうそはなかった。例の箱は、どうにかだれにも見られずにカウンターの下にかくすことができた。

パリス親方はじっと見つめてきた。それから、またいつものうわべだけのほほ笑《え》みをうかべた。たしかにナイチンゲールは具合が悪そうなので、どうやら信じたようだった。

「グリーニングのところで気分が悪くなったそうだよ」昼食の席で、親方はそうおかみさんに説明した。

ナイチンゲールは申しわけなさそうに顔をあげた。ルシンダお嬢《じょう》さんが、いい気味だわ、とでもいいたそうな顔をしてこっちを見ている。ナイチンゲールは目でなんとか気持ちを伝えようとした。でも、まったく相手にされなかった。

その日の午後は、軽い仕事だけをさせてもらった。パリス親方というのは、こりゃあ深刻《しんこく》なことになりそうだとなると、やさしさを発揮《はっき》する人だった。親方は、顔色が悪く元気のない見習いのことを心の底から心配した。ついでに、田舎《いなか》育ちの子どもを見習いにしたのはやはりまずかったかな、とちょっぴり考えはじめていた。

実はナイチンゲールのほうも、見習いになったのを後悔《こうかい》しはじめていたのである。今日は、夜になるのがこれまでと比べものにならないほど怖《こわ》かった。あの箱のなかにはいったい何がかくされているのだろう？　もしあの箱のせいで、お嬢《じょう》さんが死んだりしたらどうしよう。ぼくが人殺しになっちゃうじゃないか！

夕闇《ゆうやみ》のせまる仕事場のなかに、グリーニングさんのみにくい顔と、あの見習いのイタチみたいな顔が、何度も何度もうかんでは消えていった。グリーニングさんも、見習いも、まるで何かの悪霊《あくりょう》みたいに見える。とうとうナイチンゲールは、あの箱はもう放っておこうと決心した。

もう決めたぞ。箱を照らす灯《あか》りも用意しないし、イーゼルを出すのもやめだ……。そのとき、突然《とつぜん》パリス親方の声がした。ジョーブの鏡枠《かがみわく》がもうすぐできあがるから、仕事部屋からイーゼルを持ってきて、かざる用意をしてくれ、といっている。

心臓がとまりそうになった。運命までがグリーニングさんの味方なのか。

「こんな霧《きり》の深い夜は、ショーウインドーのろうそくだけじゃ足りないな」パリス親方はそういいながら外をながめた。それから、青い顔をしておびえているナイチンゲールにちらりと目をむけ、見習いの寝床《ねどこ》がかくれているカウンターに目をやった。「だが、やめるわけにはいかん。ナイチンゲール、よろい戸は開けたままにしておいて、照明をもう少し店のほうにむけてくれ」

ナイチンゲールはショーウインドーの鏡を内側にむけ、反射したろうそくの光が店のなかのイーゼルに集まるようにした。

グリーニングさんの魔力《まりよく》を思うと、ナイチンゲールはぞっとした。こうやってパリス親方は、何も知らずに自分の娘《むすめ》の破滅《はめつ》を準備しているのだ。

ようやく一人になれた。ナイチンゲールは箱を取りだすと、外側の包みをはがし、箱をイーゼルに置いた。あとは薄《うす》いふたを取るだけで、中身がわかる。ナイチンゲールは自分で箱を開け、中身をたしかめようと決心したのだった。ショーウインドーのろうそくが、鏡に反射して何倍もの強さになって箱を照らし、ちらちらとおどっている。ナイチンゲールは片手をのばした。手も足もふるえている。体じゅうがふるえている。グリーニングさんと、グリーニングさんとこの見習いの顔が頭にうかぶ。二人とも、やめろ、やめろ、と叫《さけ》んでいる……。

「ナイチンゲール！」

お嬢《じょう》さんだった。開けたドアのすぐ内側に立っている。お嬢さんはイーゼルにかかっている箱と、まっ青な顔をしてその前に立っている新入りの見習いをすばやく見比べた。

「なんなの、それ？」

ナイチンゲールはのばした手を引っこめた。

「あ、あの、鏡みたいなものです」どうしていいかわからず、あのイタチのような見習いの言葉をそのままくり返した。恐《おそ》ろしいことに、その声には、イタチの見習いと同じからかうような調子までふくまれていた。

ルシンダお嬢《じょう》さんもそのからかいの調子に気づいたらしかった。

「お見せ」とナイチンゲールをおしのけた。

ナイチンゲールは、うわべだけのほほ笑《え》みをぼんやりとうかべた。自分をおしのけたのは、ルシンダお嬢《じょう》さんじゃなく運命なのだ、という感じがした。お嬢さんは手をのばした。けれども、ナイチンゲールが笑っているのに気づき、ちょっとためらった。

「おまえ、何かたくらんでるね」

ナイチンゲールは答えなかった。もう答える必要もないのだ。

「仕返しのつもりなんでしょ」

「ぼくが考えたんじゃないんです」とつぶやきながら、ナイチンゲールはグリーニングさんのみにくい顔を思いうかべた。

「何かいやらしい物が入ってるんでしょう」ルシンダお嬢《じょう》さんはさも軽蔑《けいべつ》したようにいった。「おまえのその脳みそが考えだした、きたならしい物が」

お嬢《じょう》さんは手をおろした。ナイチンゲールはほっとしてため息をついた。お嬢さんはだまっている。ナイチンゲールはそのつきさすような鋭《するど》い視線をさけて、うつむいた。少しして顔をあげると、お嬢さんはまた手をのばすところだった。そして今度は、箱のふたに手をかけた。

「おまえが知恵《ちえ》をしぼって考えたものが、ここにあるのね。そうなんでしょ？　いったいなんなの、それは。ヒキガエル？　大便？　それとも、くさりかけた何かの死骸《しがい》？　どうせ、きたなくって、下品《げひん》で、人に見せられないような物なんでしょ。いいわ、ナイチンゲール、この際はっきり見ておくわ。見習いの考えてることが、どんなにケチくさくって、みじめったらしいかってことを！」

ルシンダお嬢《じょう》さんは甲高《かんだか》い声で笑うと、パッとふたをはずした。とめる間もなかった。光がさっと箱のなかにさしこんだ。たちまちお嬢さんの手からふたが落ち、カラカラと音をたてて床《ゆか》にころがった。ナイチンゲールは恐《おそ》ろしさのあまり顔をそむけた。そして体をかたくして、悲鳴や断末魔《だんまつま》の叫《さけ》びが聞こえてくるのを待った。でも、いつまでたっても部屋のなかはシンと静まり返っている。おそるおそる、イーゼルのほうに顔をむけてみた。お嬢さんは身動き一つしていなかった。顔がまっ青だ。ふだんは赤い唇《くちびる》までもが、血の気《け》をなくして灰色になっている。いったいグリーニングさんは、箱に何を入れておいたのだろう？　どんな恐ろしいものを？

ルシンダお嬢《じょう》さんは体をしめつけられたように、フーッと苦しげな息をもらした。下品《げひん》で人に見せられないような物が、鏡のむこうから見返しているのだ。お嬢さんはいつまでも、どうすることもできずに、無残《むざん》にもくっきりと照らしだされたその物を見つめていた——自分の姿を。

グリーニングさんの箱に入っていたのは、きずも、よごれも、ひずみもない、完全な鏡だった。その鏡が、ルシンダの顔を何一つかくすことなく、あるがままに映しだしていたのである。

ルシンダの顔はショックのあまり凍《こお》りつき、さっきの表情のままだった。その表情には、人をさげすみ、人をあなどる、わがままで残酷《ざんこく》な感情が、ありありと現れていた。唇《くちびる》にうかんだ高慢《こうまん》なほほ笑《え》み。むかしはちょっと上品だといわれたこともあるのに、こうして血の気《け》をなくしてしまうと、それもただいやらしく口をゆがめているようにしか見えない。かがやきも鋭《するど》さも消えてしまった目。まるでガラス玉のような目。ガラスの顔にはめこまれたガラスの目……。

とんでもないことをしてしまった、とナイチンゲールはこわごわ箱のなかをのぞきにいった。近づいていくと、お嬢《じょう》さんが低く苦しげなうめき声をあげた。でもそれは、声というより、ふるえる体がたてた音という感じだった。

ルシンダは、鏡に映っているものをナイチンゲールに見せたくないと思った。いま目の前にある自分の姿を見られるなんて、たまらない。でも鏡には、もうナイチンゲールの顔も映っている。その顔は目を丸くして鏡を見つめていたが、少しずつ困ったような表情に変わっていった。

「ただの鏡じゃないですか！」ナイチンゲールはびっくりしているようだった。

「ただの鏡」ルシンダは同じ言葉をくり返した。鏡に映ったナイチンゲールの顔には、とまどいと、ほっとした表情、それだけしかうかんでいない。「鏡——水銀と、鉛《なまり》と、ガラスの鏡……」

「そうやって作るんでしたね、鏡って」ナイチンゲールは、まるで子どもを怖《こわ》い夢からさまそうとするように語りかけた。

「ガラスに、紙みたいに薄《うす》く鉛をのばして、その上から水銀を流すの」ルシンダはつぶやいた。「あたし、鏡を作るところ一度見たことがあるの。お父さんに連れてってもらったのよ。よかったら、今度連れてってあげるわ……いつかね……もし、よかったら……」

ナイチンゲールは、引きつけられるようにさらに鏡に近づいた。一瞬《いっしゅん》二人の顔がいっしょに映った。そして二人の息で鏡がくもり、ぼうっとかすんだかと思うと、目も、唇《くちびる》も、ほおも、涙《なみだ》もとけあい、一つの顔のようになって明るくかがやいた。

一方ナイチンゲールの視界のすみでは、ろうそくの炎《ほのお》がショーウインドーに並んだたくさんの鏡に映って、激しくまたたいていた。それでナイチンゲールは、ダイヤモンドのなかに閉じこめられて、そのまぶしい奥底《おくそこ》をのぞきこんでいるような気持ちになっていった。

ナイチンゲールは目をぱちぱちさせ、イーゼルの鏡から顔をそむけた。そしてほかの鏡に目をむけた。すると、どの鏡にもお嬢《じょう》さんの顔が映っていた。横顔が映った鏡。金色の巻き毛が映った鏡。ふっくらとしたほおからまつげの先がのぞいている顔を映した鏡もあれば、まるで月の裏側のように、反対側の横顔を映した鏡もある。ナイチンゲールは目をこらして見つめ続けた。まるで、世界じゅうがルシンダお嬢さんでいっぱいになってしまったみたいだった。

ルシンダのほうも、ようやく自分の姿から目をはなすと、ナイチンゲールが見ているほうをながめた。そして同じように、鏡から鏡へと視線を移していった。どの鏡にもナイチンゲールが映っていた。けれども光と反射のいたずらで、相手が何をじっと見つめているのかはわからない。ルシンダは目をこらして見つめ続けた。まるで、世界じゅうがナイチンゲールでいっぱいになってしまったみたいだった……それから、ナイチンゲールのきれいな歌声で。

表では、霧《きり》がゆっくりとうずまきながら店の前を流れていった。通りのどこかで、だれかが点灯夫《てんとうふ》のはしごにつまずいて文句をいっている。そしてあちこちの暗い街角《まちかど》からは、灯《あか》り持ちの子どもたちの熱心な呼び声が聞こえてくる。

「灯《あか》りはいかが！　灯りはいかがですか！」

モスとブリスター

モスとブリスターが急ぎ足で歩いていく。ブラックフライアーズ階段をのぼり、暗い裏道をいくつも通りぬけ、凍《こお》りついた火花のように星がまたたく冷たい夜空のもとを、せかせかと歩いていく。二人はコールマンズ横町《よこちょう》を通り、ブリストル通りを横切る。

「クリスマスおめでとう。おめでとう、二人とも！」街の夜《よ》まわりが真鍮《しんちゅう》のベルをふりながら酒場から出てきて、大声でどなった。

「『ひとりのみどりごが、わたしたちのために生まれる。ひとりの男の子が、わたしたちに与《あた》えられる！』」夜まわりは聖書の言葉をとなえると、ヒックとしゃっくりをし、今度は自分が作ったらしいクリスマスの詩を朗読しはじめた。モスとブリスターはかしこまって聞いた。朗読が終わると、夜まわりは手をさしだした。モスは六ペンス銀貨をにぎらせてやった。なんといっても、今夜はクリスマス・イブなのだ。だからモスは、神聖な気持ちにひたっていたし、自分の仕事にもたいへんな誇《ほこ》りを感じていた。モスの仕事——それは産婆《さんば》だった。

ふだんのモスは、何につけてもぬかりのないしっかり者だった。でも、今夜だけはたいへん気前がいい。仕事も、今夜だけはただで引き受けることにしている。実はモスには、馬小屋のお産に呼ばれて、自分の手で神の子キリストをとりあげたいというひそかな夢があるのだ。

「いいかい、ブリスター、聖書にも書いてあるんだよ」モスは夜《よ》まわりがフラフラしながら行ってしまうと、見習いのブリスターに語りかけた。「ちゃんと書いてあるんだ。『キリストは待ち望んでいる人々にふたたび現れる』ってな」

ブリスターは、ひょろひょろと背ばかり高い女の子だ。つきでた耳、まん丸の目。そんな女の子が、ずんぐりとしたモスのあとから、まるで柄《え》のとれたコウモリがさみたいにばたばたとついていく。

「はい、おかみさん!」と元気よく返事はしたものの、ブリスターはすごくおびえた顔をした。実はブリスターのほうも、クリスマス・イブと馬小屋には特別の夢を持っていたのだ。しかし、それはモスの夢とは少しちがっていた。なんということか、ブリスターは自分が神の子キリストをみごもって、おかみさんのモスにキリストをとりあげてもらいたいと夢見ていたのである。

当然のことだけれど、ブリスターは夢をだれにも打ち明けなかった。おかみさんのモスにさえも。それでモスは、ときどきブリスターの顔にうかぶ夢見るような表情を見るにつけ、うちの見習いは何か難しいことを考えているようだ、この子はなかなか頭もいいようだわい、と思うのだった。そんな表情がうかぶのは、たいてい春ごろだった。というのも、クリスマスに赤ちゃんを産むためには、それより九か月前にみごもらなければならないからだ。それぐらいのことは、ブリスターも知っていた。九というのが両足の指より一つ少ない数だということも。

そういうわけで、毎年三月の末ごろになると、ブリスターはベッドに横になり、おかみさんが枕《まくら》もとにやってくるのを、今か今かとせつない気持ちで待ちうけたのである。というのも、おかみさんのモスには受胎告知《じゅたいこくち》の天使みたいな才能があったからだ。モスは女の人のおなかがちっとも大きくならないうちから、一目で妊娠《にんしん》を見分けてしまうことができた。相手がパン屋のおかみさんだろうと、船乗りの奥《おく》さんだろうと、銀行家の奥様だろうと関係なかった。

たとえばおかみさんは、道のまんなかで突然《とつぜん》はたと足をとめる。そして、軽《かろ》やかな足取りで少し前を歩いていくどこかのお嬢《じょう》さんを、意味ありげな目つきでじっと見つめる。それからブリスターのわき腹を軽くつつき、お嬢さんをつけていく。そしてお嬢さんの家に名刺《めいし》を置いて帰ってくる。すると、もうお嬢さんの近所では、おめでたが近いぞといううわさでもちきりになるのだ。実際のところ、モスがいつもの古ぼけたケープに身を包んで姿を見せただけで、近いうちおめでたがあるぞという確実なお告げとなった。ちょうど、朝起きたとき吐《は》き気がしたとか、すっぱいものがむやみに食べたくなったというのと同じだった。

でもおかみさんは、一度もあの意味ありげな目つきで自分を見てくれたことがない。だからクリスマス・イブが来るたび、ほかのだれかがあの名誉《めいよ》あるつとめに選ばれてしまったんじゃないだろうか、とブリスターはおびえるのだった。

こうして今夜も、ブリスターはいつもの夢見るような、思いつめたような表情をうかべながら、モスのあとからついていった。

「モス、急ぎなよ！」灯《あか》り持ちの子どもがキイキイ声でからかった。「もうすぐ猫《ねこ》が子猫を産むぜ！」

「おまえみたいなばちあたりは、地獄《じごく》に落ちるがいい！」モスはハアハアいいながらこぶしをふりあげ、そのにげ足の速い男の子を追いかけた。「つかまえて、母親の腹んなかにおしこんでやるからな！」

「あたいがつかまえる！」ブリスターは甲高《かんだか》い声で叫《さけ》ぶと、モスのまねをしてこぶしをふりあげた。それから三人の追いかけっこがはじまった。

モスはじきにあきらめ、ブリスターを呼び寄せた。こんなところでぐずぐずしてはいられない。ガラス屋横町《よこちょう》で仕事が待っているのだ。グリーニングの奥《おく》さんに破水《はすい》があった。そしてたいへんな陣痛《じんつう》に苦しんでいるらしい。

「これ、あれだと思いますか」ブリスターはハアハアいいながら、商売道具の入った重い袋《ふくろ》を持ちかえた。「ねえ、おかみさん。これ、わたしはふたたび現れる、っていうあれですか？」声がふるえていた。唇《くちびる》もふるえている。

「いや、ちがうね。馬小屋じゃないからね。前にもいっただろうが。それに、ロバとか、三人の王様とか、賢者《けんじゃ》とか、乳香《にゅうこう》とか、いろいろ条件がそろってなけりゃだめなんだよ」

「乳香ってなんですか」

「果物みたいなもんだよ。オレンジとザクロの中間みたいなもんさ」知らないと思われたくないものだから、モスはでまかせをいった。

ブリスターは納得してうなずいた。ほんとうをいうと、モスもブリスターもまったく物を知らなかったのである。モスは地球が丸いということを知らなかったし、ブリスターは中国が国の名前だということも知らなかった。それにモスは、もらったお金を数えるときだけはすごく頭がさえたのだけれど、数字や計算となると、産婆《さんば》の経験から覚えたことしか知らなかった。たとえば、一かける一はふつうは一だが、たまには二になる時もある、というぐあいだ。これは双子《ふたご》をとりあげた経験から仕入れた知識だった。そして、ブリスターときたら、モスに輪をかけて物を知らないのだ。

しかし産婆《さんば》の仕事については、ブリスターも知らないことはなかった。だから、いよいよとなれば赤ちゃんをぶじこの世に引き出してやることもできた。でも、いったい赤ちゃんがどうしてできるのかとなると、さっぱりわからない。ロンドンを流れているテムズ川が、下流のウォッピングを過ぎたらどうなるのかわからないのといっしょで、見当もつかないのだ。ところで、モスには、その肝心《かんじん》なところを見習いに教えてやるつもりはなかった。ブリスターには、赤んぼうのとりあげ方さえわかっていればいいのさ。赤んぼうのつくり方なんてこの商売には関係ない、というのがモスのいい分だった。それでも、そんなモスが一度だけ、どうやって赤ちゃんができるかを語ったことがある。それは、クリスマスに近いある十二月末のことで、モスは顔をかがやかせながら、どこかの女の人が聖霊《せいれい》の子どもをみごもったという話をしたのだった。それを聞いたブリスターはとてもおびえてしまった。そしてそれからしばらくは、毎晩のように悪夢にうなされた。夢では、ベッドのシーツのあいだに何か恐《おそ》ろしい物がひそんでいて、それが突然《とつぜん》おそってくるのだった。

モスとブリスターはガラス屋横町《よこちょう》に着いた。グリーニングさんの店からは灯《あか》りがもれ、いそがしそうにしている様子が伝わってくる。二人は暗い道を横切ろうとした。と、モスが大声を出した。

「お待ち！　お待ち！」モスは立ちすくんだ。そして手を大きく広げたものだから、かびだらけの翼《つばさ》みたいなケープが両うでからたれさがった。たった今、行く手を何かまっ黒い物が横切ったのだ。

「ブリスター、黒猫《くろねこ》だよ！　指を交差させて、木でできた物を思いうかべるんだよ。さもないと、赤んぼうが逆子《さかご》になっちまうよ！」

ブリスターは袋《ふくろ》をおろすと、いわれたとおり指を交差させ、おかみさんの台所のドアに立てかけてあるほうきをけんめいに思いうかべた。木でできた物なんて、それくらいしか思いつかない。

「思いうかべましたよ、おかみさん」

モスはほーっと大きなため息をつくと、グリーニングさんの家に近づいていった。

「念には念を入れとかないとね」といいながら、モスはドン、ドンと二回、特徴《とくちょう》のあるノックをした。「なにせ、おめでただからね」

「来ました！　来ましたよ、親方！　産婆《さんば》さんが来ましたよ！　親方、もうだいじょうぶですよ！　ああ、やっぱり来てくれたんだね。みんな心配で心配で、気が変になっちゃいそうだったんだよ。ねえ、お産って、いつもこんな調子なの？」

グリーニングさんとこの小柄《こがら》な見習いが、心配と興奮のあまりそわそわしながら、店の奥《おく》へとモスとブリスターを案内していった。イタチみたいな顔をしたその少年は、心のなかにひそかな野望をいだいていた。それは、そのうち親方の娘《むすめ》と結婚《けっこん》して、家族の一員になってやるという野望だった。きっと、親方もおかみさんも、今夜のことは覚えていてくれるだろう。クリスマスだっていうのに休みも取らず、まるでほんとうのむすこみたいに心配してやっているんだもの。少年はそんなことを考えながらモスのケープを受け取り、ブリスターの袋《ふくろ》を持つのを手伝った。

グリーニングの親方が出てきた。いぼだらけの古ジャガイモみたいな鼻をした、みにくい人だ。グリーニングの親方は、ガラスに鉛《なまり》と水銀の合金《ごうきん》をぬって鏡を作る職人だった。こんなみにくい顔をした人には、めずらしい仕事だ。

「やっと来てくれたか！」グリーニングさんは大声を出した。

グリーニングさんのうしろから二人の娘《むすめ》が現れた。十二歳《さい》と十四歳。この二人も、父親に負けずおとらずみにくい顔をしている。

「よかった、来てくれて！　ママったら、もう死にそうだったのよ」

すると、今度はお手伝いが顔を出し、近所の奥《おく》さんも顔を出した。そして二人ともモスがやって来たことを神様に感謝した。モスはすっかりいい気分になってしまった。聖者《せいじゃ》にでもなったような気分だ。さっそくモスは片手をさっと上げて合図をし、ブリスターに二階の様子を見にいかせた。そして自分は灯《あか》りの赤々とともった暖かい居間に入っていった。まずは、みんなの感謝の気持ちや、尊敬や、もてなしやらを、思うぞんぶんに受けようというのだ。

「こっちですよ。袋《ふくろ》を持ちましょうか。うわあ、重いなあ、こいつは！」ブリスターを案内していた見習いは、おどろきの声をあげた。二人は階段をのぼって、グリーニングの奥《おく》さんの部屋にむかっているところだった。部屋からは、うめき声や、みんなどこに行ったの、などとベソをかいている声が聞こえてくる。

「いったい中身はなんなの？　宝石でも入ってるの？」イタチみたいな顔の見習いはからかった。

「手術道具よ。ナイフとか、フォークとか、いろいろとね」とブリスター。

「うわあ、すげえ。本格的なんだね」

ブリスターは得意げにほほ笑《え》んだ。その笑顔を見て、イタチはふと思った。グリーニングのお嬢《じょう》さんたちと比べれば、このまん丸い目をした産婆《さんば》の見習いのほうがはるかにべっぴんだなあ。でも、もう決心は変えられないんだ。二人のうちどっちでもいいからお嬢さんと結婚《けっこん》して、親方の商売をつがなくちゃ。

「もうかるのかい、産婆《さんば》っていう商売は？」

「クリスマス・イブはだめね。ただなのよ」

「どうして？」

「聞いたことないの、あんた？　神の子が生まれるかもしれないでしょ。だからよ。ちゃんと、聖書にも書いてあるじゃない」

「そんなの聞いたことないぜ」

「あんたって物を知らないのね」ブリスターはつんとすました。

「おまえだって同じだろ。鏡にどうやって水銀ぬるか、知ってるかい」

「知らないわよ、そんなこと。それじゃ、逆子《さかご》の赤ちゃんのとりあげ方わかる？」

「わかんない。わかんないけど、おまえを呼びにいけるよ。ねえ、名前なんていうんだ？」

「ブリスター。『泡《あわ》ぶくれ』って意味よ。生まれたとき、体じゅう泡みたいなぶつぶつだらけだったんだってさ。だからよ」

「おれは、ボースンっていうんだ。『水夫長《すいふちょう》』って意味だよ。おれの家では代々水夫長をやってきたんだ。だからだよ」

「あたいには家族なんてないわ。生まれたとき、あたいをとりあげてくれたモスにあずけられたのよ。まあ、プレゼントみたいなものね。で、モスはあたいのことが気に入って、ブリスターって名前をつけて、育ててくれたってわけ」

「そうすると、あの人の娘《むすめ》みたいなもんかい？」

「見習いよ。モスには娘はいないよ」

グリーニングの奥《おく》さんは、みんなから見捨てられたとか、だれもあたしのことなんかかまってくれないとか、あたしはもう死ぬんだとか、ベッドで泣きわめいていた。

ところで、奥さんの泣き言のうち、最後の「あたしはもう死ぬ」というのにだけは、もっともな理由があったのである。グリーニングの奥さんはもう歳《とし》が歳だけに、子どもが産める体じゃないとつねづね思っていた。だから、何か月も前にモスが訪ねてきて名刺《めいし》を置いていったときには、大笑いをした。ドアに寄りかかって、ずんぐりとした受胎告知《じゅたいこくち》のモス天使に、さんざん笑いをあびせた。笑って笑って、涙《なみだ》がとまらなくなったほどだった。

ところが、それから何日かが過ぎ、数週間が過ぎるうち、その笑いは引きつり、やがて泣きべそに変わってしまった。というのも、鏡職人のおかみさんはみごとにみごもってしまったからである。モスの告知したとおりだった。

「あたしはもう死ぬよ」入ってきたのが産婆《さんば》のモスではなく、ひょろひょろした見習いだったので、奥《おく》さんのうめき声はますますせつなそうになった。「ほんとだよ。ほんとに死ぬよ」

「はい、そうですね」とブリスターは返事した。ブリスターはモスにしっかりと教えこまれていたのだ。この世のなかには絶対に逆らってはならないものが二つある。一つは悪い天気で、もう一つは、お産で苦しんでいる女の人だよ、と。

ブリスターは袋《ふくろ》の口を開けると、テーブルに道具を並べはじめた。どれもこれも、見るからに恐《おそ》ろしい物ばかりだ。手術用のメス、青竜刀《せいりゅうとう》みたいにひん曲がった外科用ナイフ、長いとがった針、革製の大きなピンセット、ハサミ、それに骨を切るノコギリまである。ノコギリなどは、よく使いこまれてきたためか、鋭《するど》い歯が二、三本しか残っていない。モスがいうには、お医者といっしょに仕事をするたびに、ちょっと拝借してきた道具ばかりさ、ということだった。

ところが、その道具を何に使うのかとなると、モスにもさっぱりわからなかった。モスが使う道具は、その小さいけれどもたくましい両手と、これもまたどこかでちょっと拝借してきた、裁縫《さいほう》用のハサミだけだった。そのハサミだけはいつもポケットに入れて持ち運び、それで赤んぼうのへその緒《お》を切っていた。そんなモスだったのだけれども、ブリスターにはいつも道具を全部並べさせた。なんのことはない、ずらりと並んだ手術道具を前にすると、いかにもプロの大先生になった感じがして、それがこたえられなかったのである。

グリーニングの奥《おく》さんはブリスターが並べている道具を見ると、泣きわめくのをやめ、恐《おそ》ろしげにはっと息を飲んだ。突然《とつぜん》頭にうかんできたものすごい光景とくらべたら、いっそ死んだほうがましなのでは。そんな思いが頭をよぎった。奥さんがおとなしくなったので、ブリスターは鼻高々だった。そしてふと、ドアの外にひかえているあのイタチみたいな顔をした見習いにも、今のあたいの姿を見せてやりたいもんだわと考えた。

ブリスターはボースンがすっかり気に入っていた。それに、どうやらボースンは、産婆《さんば》という神秘的な仕事を尊敬しているらしい。

「奥《おく》さん、口を開けちゃだめですよ」ブリスターは大声を出した。ボースンにも聞かせるためだ。「鼻で息をしてください」

「どうして?」

「そうしないと、生まれてくる赤ちゃんが、正気をなくして、魂《たましい》のないふぬけになっちまうからですよ。母親の口からにげていくんですよ、赤ちゃんの正気と魂はね」

グリーニングの奥《おく》さんはうめくのをやめ、口を閉じた。

「その調子です、奥さん」そういうと、ブリスターは窓のかけがねをはずしにいった。「でも、窓なんかは、閉めておいちゃだめなんですよ。みんな開けっぱなしにしておかないと。さもないと、たいへんな難産になりますからね。窓も、ドアも、箱も、戸棚《とだな》も、引き出しも、みんな開けるんです。もちろん、びんも――」

「え？」

「びんですよ。びん！　びんに、ふたや栓《せん》なんかしといちゃだめですよ。そんなことしたら、奥《おく》さんのおなかもつまっちまうんです」

「ボースンにいってちょうだい」グリーニングの奥さんはか細い声でいった。

が、その必要はなかった。ボースンは話を全部聞いていたのだ。

「承知しました、奥《おく》さん！　ご心配なく。このボースンがみんな開けてさしあげますから」

ボースンはドタドタと階段をかけおりると、カギを開けたり、ふたを取ったり、びんの栓《せん》をぬいたり、ぎゅうぎゅうにつまった引き出しをやっとのことで引っ張り出したりした。そのあいだじゅう、ボースンの頭のなかでは、こんな考えがかけめぐっていた。いつか、あのブスのお嬢《じょう》さんのどっちかに結婚《けっこん》を申しこむときになったら、親方もきっと今夜のことを思い出してくれるはずだ。おれがこんなにして、一生けんめいに働いたことを。おれって、まるでほんとうのむすこみたいにがんばってるもんな……。

「結び目もだめですよ」ブリスターは奥《おく》さんに注意を与《あた》え続けた。「しばったり結んだりしてあるものは、みんなほどいてください。そうしないと、奥さんのおなかもよじれてしまいますよ。糸も、なわも、しばってあるのは全部だめ。さもないと、赤ちゃんが出て来られないからね」

魔法《まほう》の呪文《じゅもん》のようなこういった奇妙《きみよう》な知識は、みんなモスが世間の母親やお婆《ばあ》さんたちから仕入れてきたものだった。その女たちは女たちで、この知識をはるかむかしの先祖から代々伝えられ、そのまま受けついでいた。そしてモスは、どんな風変わりな言い伝えだろうと、聞いたことをそっくりそのままうのみにして、今度はそれを自分の見習いに教えたのである。しかも、「念には念を入れないとな。なにせ、おめでただから」という、おごそかな言葉までそえて。

「赤ちゃんが死んじゃった！」グリーニングの奥《おく》さんが急におろおろとさわぎはじめた。「もう動いてない！　死んだのよ。死んじゃったのよ！」

「はい、そうですね」お決まりの返事をしてから、ブリスターはふとんをめくると、グリーニングの奥さんの大きなおなかにつきでた耳をあてた。

「ああ、聖母《せいぼ》マリア様！」奥《おく》さんが悲鳴をあげた。ブリスターは自分のことをそう呼んだのかと勘《かん》ちがいし、喜んで顔をあげた。

「はい、奥さん」

「痛い！　痛いのよ！」


下の居間では、モスがポート・ワインをちびりちびりやっていた。この甘《あま》い赤ぶどう酒を飲むといつも、モスのうでまえにはいっそうみがきがかかり、その目はますますかがやくのだった。

「ちょいと、びんに栓《せん》をしちゃいけないよ」モスはそう注意すると、グリーニング親方の手からそっと、しかし、しっかりとポート・ワインのびんを取りあげた。そして、自分のコップになみなみと注《つ》いだ。「それから、そんなふうに手や脚《あし》を組んじゃだめ。さもないと、赤んぼうが出てこられなくなるからね」

グリーニングの親方は唇《くちびる》をぎゅっと結ぶと、あきれたように天井《てんじょう》を見あげた。それでも、産《さん》婆《ば》のいうとおりにした。と、そのとき、グリーニングの奥《おく》さんの悲鳴が聞こえた。そしてすぐ、ブリスターの大きな声がひびいた。

「はじまったよ！　おかみさん、来てください！　もうすぐだよ！」

グリーニングの親方は、たった今ほどいたばかりの自分の脚《あし》をあっけにとられて見つめた。ほかのみんなは、まるで幽霊《ゆうれい》でも見たような顔をしている。のがれられない運命の法則を、たった今かいま見たような顔だ。これまではどちらかというとモスの迷信をばかにしていた近所の奥《おく》さんなどは、ずんぐりとした産婆《さんば》のモスを畏《おそ》れあがめるように見つめている。でもまあ、それもモスにしてみれば当然だった。なにしろ、こっちはプロなのだ。こんなおめでたい日なのだから、念には念を入れてある。

モスはポート・ワインを飲みほすと、おもむろに立ちあがった。

「終わったら呼びますからね」

モスは居間を出て、きびきびと階段をのぼっていった。そしてグリーニング夫人の部屋までやってくると、ドアの外に見習いのボースンがいた。部屋のなかから聞こえてくる泣き声や悲鳴が大きくなるばかりなので、心配のあまりまっ青になっている。

「家じゅうの鏡におおいをかけておいで」モスはいいつけた。「さもないと、生まれてくる赤んぼうの目がつぶれてしまうよ」

ボースンはうなずき、かけだそうとした。すると、モスが手をあげてとめた。

「それから、へその緒《お》を切ってしまうまでは、暖炉《だんろ》にまきも石炭もくべちゃだめだよ。さもないと、死産になるかもしれないからね」

「知らなかったな、おれ。こんなにいろいろ守らなけりゃならないなんて、知りませんでしたよ、おれ」

「念には念を入れるのよ」モスはおごそかにいった。「なにせ、おめでただからね」

ボースンはかけだした。親方は今夜のことをきっと覚えていてくれる、ボースンこそほんとうのむすこだと思ってくれる、と頭のなかでくり返しながら。

家じゅうをかけまわり、むきだしになった鏡に一つ残らずおおいをかけてもどってくると、おかみさんの部屋の様子はさっきよりだいぶせっぱつまっているみたいだった。はあはあ息を切らせながら、ボースンは耳をすました。

「ブリスター、脚《あし》を持って！　もうちょっと高くあげて！」

「はい、おかみさん」

「いきんで、奥《おく》さん。力いっぱいいきんで！」

「できないわ。あたし、できないわ」

「赤ちゃんが来たら、息をとめて。赤ちゃんが出そうになったら、息をとめるのよ」

「熱いわ。体が燃えそう！」

「もう一度いきんで！　ブリスター！　ひざをおすのよ！　奥《おく》さん、いきんで！　がんばって！　おし出すのよ。それっ！」

「だめ。もう、もう力が出ないわ」

「はい、もう一度息をとめて！　そら、もう見えるわよ！　かわいい赤ちゃんだこと。奥さん、あと一息よ」

「いや、いや！　もういやよ！　もう死にそう。やめて！」

「そーれっ！　そーれっ！」

けれども奥《おく》さんは、赤ちゃんをこの世に産み落とすのをまだしぶっていた。そしてボースンでさえ腰《こし》をぬかすような、きたない言葉でののしりはじめたのである。ボースンは奥さんがそんな言葉を知っているなんて思いもしなかったし、こんな下品《げひん》な人だったなんて想像もしていなかった。

「そーれっ！　奥さん、そーれっ！」モスがはげました。すると、世にも恐《おそ》ろしいうなり声が聞こえてきた。まるで、船をつないでいる太綱《ふとづな》がピンと張って、きしんでいるみたいな声だ。

「うーっ！　うーっ！　うーっ！」

「そーれっ！　そーれっ！」

「うーっ！　うーっ！　うーっ！」

「ブリスター、もうちょっとひざを広げて！」

「はい、おかみさん」

「ブリスター、まさか、どこかに結び目なんか残ってやしないだろうね」

「ボースン！」ブリスターの心配そうな金切り声が聞こえた。

「はい」

「靴《くつ》ひも！　ちゃんとほどいてある？」

ボースンは足もとに目をやった。靴《くつ》にしっかりとひもが通してあった。しかも、きちんと二重にむすんである。ボースンはあわててひもをほどきにかかった。奥《おく》さんがうめき、うなり続ける。モスがはげましている。あせって引っ張ると、靴ひもはプッンと切れた。

「やりました。やりましたよ！」ボースンは得意になって叫《さけ》んだ。それと、奥《おく》さんが最後の叫びをあげるのが同時だった。

「よくがんばったね」というモスの声が聞こえた。「ブリスター、ハサミを出しておくれ」

「はい」

「ごらん、ほんとにかわいい子だよ。手も足も、ちゃんと指が十本そろっているよ。シーッ、お聞き。ほうら、ほうら」

突然《とつぜん》かすかな声が聞こえてきた。とてもか細くて、とてもたよりないので、ようやく聞こえるほどだった。たった今生まれたばかりの、この世に出てはじめての声。

やったぞ！　ボースンは、ちぎれた靴《くつ》ひもを見つめながら、頭のなかでくり返していた。やったんだ！　おれを養子にするときになったら、親方はきっと今夜の活躍《かつやく》を思い出してくれるぞ。

「うちの人に教えてやって」奥《おく》さんが、弱々しいけれどうれしそうな声でいった。「うちの人を呼んできて」

「ボースン！」とブリスター。

「はい」

「下のみんなに、ぶじ終わったっていってきてちょうだい。それから、グリーニングさんを呼んできて。男の子ですよ、って」

階段をかけおりながら、ボースンは、みんな今夜のおれの活躍《かつやく》を思い出してくれるさ、このおれが親方のむすこになるときが来たらな、とひとり言をつぶやいた。

親方のむすこ！　ボースンはショックのあまり悲鳴をあげた。男の子だって！　さっき男の子っていってたじゃないか。親方にほんとうのむすこができちゃったんだ！

見習いボースンの野望は、一瞬《いっしゅん》にしてがらがらと音を立ててくずれ去った。たった今生まれたばかりのちっちゃな赤んぼうに、してやられたのだ。ぶじ生まれるようにと、あれほど気をもんだというのに。これから先の一生が目にうかぶようだった。赤んぼうはどんどん大きくなり、そのうち、あれこれいばり散らすようになる。もうそうなったら、こっちはただの虫けらだ。商売をつぐのも、今夜生まれたばかりの赤んぼうなのだ……。

「親方、男の子です」ボースンはみんなが首を長くして待っている居間に入ると、できるだけふだんの声で知らせた。それから、「弟ができましたよ、お嬢《じょう》さんたちにも」といいながら、二人のみにくい娘《むすめ》たちを残念そうに見つめた。そして思った。でも、これで、二人のうちどっちのほうがまだましか、なんて悩《なや》む必要はなくなったんだ。こういうのを、捨てる神あれば拾う神あり、っていうんだろうな。

居間のみんなは、おおっ、とか、わっ、とか歓声《かんせい》をあげると、急いで階段をのぼっていった。ボースンだけが一人あとにとり残され、はずしたかけ金《がね》をかけ直したり、ドアを閉め直したり、びんの栓《せん》をしたりした。でも、なんだかひどく落ちこんでしまって、まるで馬がにげたあとで馬小屋の戸にカギをかけてるみたいな気分だった。ふと自分の靴《くつ》に目をやった。ひもが切れている。思わずため息がもれた。

「新しいのを買わなくちゃ」

ボースンは暖炉《だんろ》に石炭をくべると、なかをのぞきこみ、お城みたいな形をした石炭をさがしてみた。そうしながら、みんなおれのことなんか忘れてるんだ、と思った。ボースンのことなんか、すっかり忘れているんだ……。暖炉のなかに、りっぱな邸宅《ていたく》になりそうな石炭のかたまりがあったので、屋根をつけてやろうと、石炭を一個のせた。けれども屋根は落ち、壁《かべ》までもが炎《ほのお》に包まれながらくずれてしまった。「おれの人生とおんなじだ」ボースンは小声でいった。

「まったくおんなじだ」

「ボースン?」

「はい」

ブリスターが立っていた。ついさっきまで奮闘《ふんとう》していたので、顔はほてり、髪《かみ》は乱れている。つきでた耳が、ふだんよりいっそうつきでているように見える。これじゃまるで、開けっぱなしの戸棚《とだな》の戸みたいじゃないか。ボースンはいまいましく思った。おれの夢がこわれたのは、少しはこいつのせいもあるんだ。

「グリーニングさんが、あたいにポート・ワインを一杯《いっぱい》飲みなさいってさ。お祝いなんだって」

「わかったよ」

「あんたも一杯やるようにって」

「おれ、別にほしくないんだけどな」そうはいったものの、ボースンはいわれたとおりにした。自分の夢を打ちくだいた赤んぼうのために乾杯《かんぱい》させられるなんて、しゃくでならなかった。

「鏡に映ったあんたの顔に！」ボースンはやけくそでいった。

「神の子に！」

「グリーニング親方の子どもだろ？」

ブリスターはボースンに説明してやった。

「神の子はかならず生まれるのよ。馬小屋でね。三人の王様がやってきて、ロバが一頭いて、空に特別な星がかがやくときにね」

「まさか」

「ほんとうよ。クリスマス・イブに生まれるの。そう決まってるのよ」

「それであんたも、馬小屋に行って、お産の手伝いをするのかい」

「行くことは行くわよ」そういうと、ブリスターはまん丸い目をぎゅっとつぶり、一挙《いっきょ》にグラスを空けた。「聖霊《せいれい》のおみちびきでね」

ブリスターは、ワインをごくりと飲みこむと目をあけた。そうして、二人の見習いはグラスごしに視線を交《か》わした。一人は悲しげな目をし、もう一人は希望にかがやく目をしていた。一人の夢はやぶれてしまったのに、もう一人の夢はまだ空をかけめぐっている。

ブリスターもなかなかかわいいじゃないか、とボースンは心のなかでつぶやいてみた。ははのせまい鏡だったら、つきでた耳だって映らないだろうしな。

「もう一杯《いっぱい》飲みなよ」どうせ親方のワインだというので、ボースンは赤んぼうが生まれる前よりだいぶ気前がよくなっていた。

「うん！」ブリスターは細長いうでをぐいとつきだした。

ボースンは自分のグラスにもワインを注《つ》いで、ニッと笑った。

「鏡に映ったあんたの顔に！」ブリスターはさっきのお礼に、同じ乾杯《かんぱい》の言葉をいった。

「そして、神の子に！」とボースンは答えた。二人は飲みほした。

「もう一杯《いっぱい》……」とボースンがいいかけたとき、店のほうでノックの音がした。ボースンはまゆをひそめ、グラスを置いた。「自分で注《つ》いでやってよ」そういって腰《こし》をうかし、「なんでも自分でやらなくちゃ。世のなか、ひとまかせじゃだめなんだ、やっぱり」と感想をつけ加えた。

部屋を出ていったボースンが玄関《げんかん》にむかって歩いていく足音が聞こえてきた。通りに面した店のドアが開き、居間にいるブリスターのところまで冷たい夜風がふきこんでくる。ブリスターは思わずぶるぶるふるえた。ボースンはすぐにもどってきた。

「あんたたちに用だとよ。産婆《さんば》さんがいるんだって。急いでるらしいよ。だけど、どうしてここがわかったのかなあ」

「いつも近所の人に行く先をいってくるのよ。急なお産があったときに困るからね。モスおかみさん！」ブリスターは大声を出した。

「なんだい、ブリスター」

「また仕事よ！　急いでるんだって！」

「場所は？」

ブリスターはボースンの顔を見た。

「スリー・キングズ広場だっていってたよ」

「スリー・キングズ広場よ！」とブリスター。

「スリー・キングズだって？」モスは急にはずんだ声を出した。「どの家だい？」

「ニュー・スター旅館だよ」とボースン。

「ニュー・スターよ！」ブリスターがどなった。

「スターだって？　ニュー・スターだって？」とくり返す声が二階から聞こえた。「スリー・キングズのニュー・スターだって？　クリスマス・イブの夜に、三人の王様に、新しい星だって？　ブリスター！　道具を取りにおいで！　ブリスター！　あれかもしれないよ！　早く、早く！」

二人の見習いは顔を見あわせた。ボースンのほうは、これはおもしろそうだぞ、とわくわくしている。ブリスターのほうは、不安と恐怖《きょうふ》に胸がしめつけられそうだった。

ほんとうに神の子が生まれるのだろうか。ブリスターは考えた。そんなはずないわ！『三人の王様《スリー・キングズ》』という名の広場と、『新しい星《ニュー・スター》』という名前の宿屋だけじゃだめなのよ。ほかにも、もっと条件があるんだから。そう思うと少しほっとして、二階にかけあがっていった。

じきに、モスが太った体をふるわせながらおりてきた。そのあとからブリスターも道具袋《どうぐぶくろ》を持っておりてきた。ボースンはそれを見て、思わず「ブリスター、おれ、袋持っていこうか?」といった。

「ええっ? スリー・キングズ広場までついてくるの? みんな心配しない?」

「しないさ。どうせ、この家にはもう、男の子がいるんだから」ボースンはくやしそうな顔をした。「それに」と少し明るい声でつけ加えた。「もし、ほんとに神の子が生まれるんだったら、おれも見たいものな。話の種になるもんね」

「神の子なんかじゃないわよ」とブリスターは下唇《したくちびる》をつきだした。「そんなはずないよ。三人の王様と星だけじゃだめなのよ」

「早く! ブリスター、早く!」モスはもう通りに出ていた。「もしほんとだったらどうするのよ。おくれたりしたら大変だろ」

星明かりのもと、モスとブリスターが急ぎ足で歩いていく。そのあとから、手術道具の入った袋《ふくろ》をがちゃがちゃいわせ、暗がりにひそむ追いはぎや悪漢《あっかん》たちに目を光らせながらボースンがついていく。三人はウォーター通りを急いでぬけ、ラッドゲート・ヒル通りに入った。

「神の子は、馬小屋で生まれるのよ。宿屋じゃないのよ」ブリスターが息を切らしながらいった。

「クリスマスおめでとう、クリスマスおめでとう」フリート川の橋の上でたき火をしていた二人の夜《よ》まわりが声をかけてきた。赤々と照らされた顔が、夜の闇《やみ》のなかに温かそうにうかびあがっている。

「ごらんよ、ほら、ブリスター！『羊飼いたちが番をしていた……すると、主《しゅ》の光が彼《かれ》らを赤々と照らした』聖書に書いてあるとおりじゃないか。早く、早く、急いで。今夜こそほんとに神の子が生まれるんだよ」

それでもブリスターは納得せず、首をふった。あまり激しくふったものだから、まん丸い目から小さな涙《なみだ》のしずくが飛び散った。

「今夜じゃない！今夜じゃない！」ブリスターは何度もつぶやいた。三人はテンプル門を過ぎ、ストランド街に入った。「乳香《にゅうこう》もなくちゃいけないし、それに――それに、ほかにもいろんな物が！」

「乳香ってなんだ？」ボースンがきいた。そのへんにある物なら今すぐにでも取って来てやる、という口ぶりだった。

ブリスターは返事をしなかった。よけいなことをいって、取り返しのつかないことになったら大変なのだ。モスはますます早足になって、一目散《いちもくさん》に先を急いだ。ブリスターは首をふりながら大またでついていった。サザンプトン通りをぬけ、コベント・ガーデンに出た。重い袋《ふくろ》をさげたボースンが、はあはあいいながら追いついてきてブリスターに並んだ。

「それに、それにロバもいなくちゃだめなのよ」ブリスターはもごもごいった。おかみさんの夢を今夜実現させるわけにはいかないのだ。「それに、東洋からやってきた賢者《けんじゃ》も」

スリー・キングズ広場が近づいてくると、ブリスターのまん丸い目にはまた涙《なみだ》がこみあげてきた。ブリスターはぎゅっと唇《くちびる》をかみ、こぶしを固めた。そして、なんと恐《おそ》ろしい、どんなことがあっても神の子が生まれたりしないようにと、こっそりとケープの端《はし》に結び目を作ったのだ。聖霊《せいれい》によってみごもるのはこのあたいなんだ。絶対にほかの人じゃない。ブリスターはそう自分にいいきかせながら、そっと星空を見あげた。

「あたいはここよ」ブリスターは涙声《なみだごえ》で訴《うった》えた。「ブリスターはここよ！　あたいのことさがしてるんでしょ？　あたいはここにいるのよ！　耳の大きい女の子があたいよ」

こうして、まったく物を知らないブリスターは、神の子の再来を必死にじゃましようとしたのである。神の子がふたたび現れればこの世の不幸はすべて消え去る、という言い伝えなんかどうでもよかった。だって、そうじゃないか、とブリスターは思った。みんなは幸せになるかもしれないけど、あたいの夢は消えちまうんだから。みんなが楽しそうにしていればしているほど、きっとあたいはますますみじめになるんだ。モスだって有頂天になって、あたいのことなんか忘れちゃうに決まってる。神の子を産んだっていうんで、どこのだれだかわかんない女の人の前にひざまずいたりしちゃってさ。あたいなんか寒い表に放っておいてさ……。

とうとうスリー・キングズ広場に着いた。広場には灯《あか》りが一つともり、ニュー・スター旅館の正面を照らしていた。名前は新しげだけれども、ニュー・スター旅館はそのあたりで一番古い建物だった。コベント・ガーデンがまだコンベント・ガーデンといって、修道院の庭園だったむかしから、この居酒屋《いざかや》をかねた旅館は続いている。そのころ修道院では、庭園でとれた野菜や果物をウェストミンスターの宮殿《きゅうでん》におさめていた。やがて時がたち、コベント・ガーデンには大きな家がどんどん建ちはじめた。そしてニュー・スター旅館は、まわりの高い建物に閉じこめられてしまった。むかしここにあったきれいな庭も今はなく、馬車まわしの小さな広場が残っているだけだ。しかし、それさえも宝の持ちぐされみたいなものなのである。なにしろ、広場に通じる道ときたら、せまくて、入り組んでいて、とても馬車など入ってこられそうにないのだから。

ところが、その広場のかたすみには、今も大きな古ぼけた馬車がとまっていた。それはけだるい夢のような光景だった。遠いはるかな旅をとちゅうであきらめたような、恋人《こいびと》が相手の心変わりで捨てられたような、そんな悲しい物語を思わせる光景だった。馬車は、少し前には恋人たちのデートの場として使われていたこともあった。しかし、古くなって屋根がくさり落ち、座席がぬけ落ちてしまってからというものは、子どもの遊び場になっていた。

広場の入口のアーチの下に、うすよごれた点灯夫《てんとうふ》が油のにおいをぷんぷんさせて立っていた。近くに住んでいるらしい。ランプをかかげてふっている。さっき見えた灯《あか》りはこれだったのだ。ランプの動きにあわせて、あたりの物影《ものかげ》が大きく、まるで地震《じしん》のようにゆれている。

「なかにいるよ」点灯夫がモスにいった。

「どこに」

「馬小屋だ」

モスはさっとふり返って、うっとりとした表情をうかべながらブリスターとボースンの顔を見た。

「まだだめよ」ブリスターはつぶやいた。「ロバもいなくちゃいけないんだから」

三人は門をくぐり、広場を横切っていった。点灯夫《てんとうふ》もついてきた。ゆらゆらゆれるランプが古ぼけた馬車の窓に映り、一瞬《いっしゅん》この捨てられた乗り物が命をふき返したように見えた。ろうそくを持った精霊《せいれい》たちが、馬車のなかをぞろぞろと通っていくような……。

足音を聞きつけて、宿屋のおかみさんが急いでむかえに出てきた。

「もう少しで、何も気がつかないとこだったのよ」宿屋のおかみさんはいった。「音一つ立てないでやってきたもんだからね。でも、いなないたもんだから、それでわかったんだよ。で、表に出てみると、あの人がいたのさ」

「いなないた？」

「ロバだよ。ロバに乗ってきたのよ。ロバも馬小屋にいるわよ。夢中になってエサを食べてるよ」

「ロバ？　ロバだってさ！　うわあ！　ブリスター、今の聞いたかい」

ブリスターにははっきりと聞こえていた。「でも、賢者《けんじゃ》もいなくちゃ」消え入りそうな声だった。

「ジプシーかなんかだよ、あの人は」宿屋のおかみさんは話を続けた。「色がずいぶん黒いからねえ。ケント州あたりから来たんだろうね。リンゴを売りに。ジプシーの連中ってのは、ケントで納屋《なや》のリンゴを盗《ぬす》んで、それをロバに積んでロンドンまで売りにやってくるんだよ。本物のリンゴ売りみたいにね。きっと、ストランド街あたりで急に陣痛《じんつう》が起こったんだろうね。見つけたときには、あの古馬車のなかでしゃがんでいたんだよ。それであたしは、てっきり病気かなんかだろうと思ってね。それで、馬小屋に連れていってやったのよ。なにせ、今夜はもう空き部屋がなかったものだからね。ところが、びっくりするじゃないか、もうすぐ赤ちゃんが生まれそうなんだもの」

宿屋のおかみさんは、ふつうの世間話《せけんばなし》でもするような、いかにも何げないしゃべり方をしていた。けれども、モスと同じように、何か不思議な強い預言的《よげんてき》なものを感じているのは見え見えだった。もしかすると宿屋のおかみさんは、身重《みおも》のジプシーの女をわざと馬小屋に泊《と》まらせたのかもしれなかった。そうやって、預言どおりになるよう力を貸そうとしたのかもしれなかった。だいいち聖書にも書いてあるではないか、『求めよ、そうすれば見つかるであろう。たたけ、そうすれば、門は開くであろう』と。

馬小屋には、むかし広場の古馬車の行く手を照らしていたランプが二つつるしてあった。凍《こご》えるような小屋のかたすみでは、バケツに入れた石炭が燃えている。小屋全体に、はるかむかしの光景のような、不思議な雰囲気《ふんいき》がただよっていた。ロバが暗がりから半分体を出し、頭をたれて、ジプシーの女が横になっているわらを静かにかんでいた。小屋の奥《おく》の仕切りのかげには、宿屋の主人と、泊《と》まり客らしい旅人が二、三人立っている。その真剣《しんけん》な顔が、薄暗《うすぐら》いランプの光に照らしだされていた。

「一言も口をきかないんだよ」宿屋のおかみさんが説明した。「いや、なにね、ぼろ馬車から出してやったときには、何やらわからない言葉で叫《さけ》んでいたんだけどね。こっちに悪気《わるぎ》がないとわかると、そのとたんにだまってしまってね。それっきり、一言もしゃべらないんだよ」

ジプシーの女は木の実のような褐色《かっしょく》の肌《はだ》をし、黒い髪《かみ》をしていた。その髪を耳全体にかぶさるよう複雑に編んでいるので、顔が、まるで黒いかごのなかに産み落とされた卵みたいに見える。瞳《ひとみ》も髪のように黒かった。その黒い瞳に疑うようないどむような表情をうかべ、ジプシーはモスをじっと見つめていた。広いひたいに玉のような汗《あせ》がういているので、苦しんでいるのはわかるけれども、ほかにはそんな気配《けはい》を感じさせなかった。

「めったにないことだよ」旅人の一人がつぶやいた。「こんな時間に、ジプシーが仲間からはぐれているなんて。きっと、追放されたんだろうな」

「このお客さんはなかなかの物知りでね」宿屋のおかみさんが静かにいった。「まあ、ちょっとした賢者《けんじゃ》ってとこね」そういいながら、モスの顔を見てちょっとうなずき、奇妙《きみょう》な笑い方をした。賢者という言葉に、ブリスターはとうとう泣きだしてしまった。情けようしゃのない運命が、ブリスターをおしつぶしてしまおうとしている。

モスは体の節々《ふしぶし》をボキボキいわせながら、ジプシーの女のそばにひざまずいた。そしてうやうやしくひたいに手を置き、それから色あせた黒いガウンの上に手を置いた。そうやっておなかにいる子どもの動きを調べた。それがすむと、顔を上げ、ブリスターにうなずいてみせた。ブリスターは、のろのろとした動作でボースンから袋《ふくろ》を受け取り、わらの上に道具を並べはじめた。

ジプシーの女はその様子をぼんやりとながめていたが、ふとブリスターに目をむけた。ブリスターはあわてて視線をそらした。怖《こわ》かったのだ。ジプシーというのは不思議な力を持っている。だから、心のなかまで見すかされてしまうかもしれないのだ。

ジプシーの女は顔をしかめ、赤い赤い唇《くちびる》をかんだ。それを見て、モスがはっと息をのんだ。「かけ金《がね》や、結び目や、ふたを調べておいで」モスはブリスターに小声でいいつけた。「もうじき生まれるよ。なにしろ、神の子だからね、しっかりやらないと。『主《しゅ》の通られる道をまっすぐにせよ』って聖書にも書いてあるじゃないか」

ブリスターはごくりと生《なま》つばを飲みこむと、馬小屋を出た。

「おれ手伝うよ！」ボースンが興奮して叫《さけ》んだ。ついでに、どさくさまぎれにブリスターの手をにぎろうとしたのだけれど、ふりはらわれてしまった。

そのボースンが急に姿を消した。と思ったら、すぐにまた追いついてきて叫《さけ》んだ。「ロバのひも！　ロバのひもほどくの忘れてたぞ。でも心配しなくていいよ。おれ、ちゃんとほどいてきたから」

ブリスターは、イタチのような顔をした見習いを情けなさそうににらみつけた。すると、ボースンはまたどこかに行ってしまった。

「古い馬具がクギに結びつけてあったから、それもほどいてきた」ふたたび現れたボースンがいった。

ブリスターはこぶしをにぎりしめた。すると、またまたボースンはいなくなった。

「馬小屋のすみに古いビンがあったんだ。おれ、栓《せん》をぬいてきたよ。心配するなよ、おれ何でもやるからな。生まれてくる人のためだったら」もどってきたボースンが得意そうにいった。

ブリスターはうめき声をあげた。

「ピカピカのなべがあって、鏡みたいだったから、布かぶせてきたぞ！」

ブリスターは思わずうっとうなった。ボースンのほうは、きっと心配なんだろうなと勘《かん》ちがいをし、肩《かた》をたたいてなぐさめてやろうとした。

「あ、あれ！　ケープに結び目ができてるよ！　じっとして。ほどいてやるから。さあ、これでもうだいじょうぶだ」

ブリスターはいわれるままおとなしくしていた。さからったりして、気持ちを悟《さと》られたくなかった。

「ブリスター！　おいで、今すぐ！」

モスが呼んでいた。ブリスターはふり返り、恐《おそ》ろしいものを見るように馬小屋を見た。いよいよその時がせまったので、宿屋の主人と旅人たちは少しうしろに下がっていた。ジプシーの女が寝《ね》ているところが、ぼんやりとかがやいているような気がする。と突然《とつぜん》、そのかがやきが、ぱっと燃えたつように強くなった。

「火にまきをくべたんだよ」と宿屋のおかみさんがつぶやいている声が聞こえた。「体を温めてやらないといけないからね」

「そんなことしちゃだめだ！」ボースンが金切り声をあげた。「赤ちゃんが死んじゃうじゃないか！」ボースンは馬小屋にかけこむと、燃え盛《さか》っているバケツの中からまきをつかみあげ、近くの水樽《みずだる》のなかにつっこんだ。

そしてにこにこしながら、馬小屋にもどってきたブリスターをむかえた。

「最後の審判《しんぱん》のときになったら」ボースンはやけどした指をなめながらいった。「神様もきっと思い出してくれるよな、今のこと」

それからボースンは馬小屋の一番暗いところに引っこみ、宿屋の主人や旅人たちといっしょに救世主《きゅうせいしゅ》が生まれるのを待った。

「ブリスター！」

「はい」

「おいで！　何ぼんやりしてるんだい。ひざをおさえるんだよ。そっと、そっとだよ！　この人がどんな人か考えてごらん、ブリスター。ほんとにおどろいたねえ！　もうすぐ生まれるというのに、叫《さけ》びも泣きもしないなんて。奇跡《きせき》だよ。やっぱり奇跡だよ！」

体を前にたおしてジプシーのひざをぐいぐいおしていたブリスターは、相手に顔を近づけると怖《こわ》い声でいった。「相手は聖霊《せいれい》だったの？　ほんとにそうなの？　ほんとなの？」

ジプシーは黒い瞳《ひとみ》をいっぱいに見開き、涙《なみだ》をうかべた。

「ブリスター！」

「はい」

「おまえ、何やってるんだい。気を散らすようなことしちゃだめじゃないか！　そら、出てきたよ。頭が――頭が見えるよ！　やっぱりあの方だよ。まちがいないよ。こんなにかがやいてるんだもの!」

モスの有頂天《うちょうてん》な声は暗がりにいるボースンの耳にも届いた。救世主《きゅうせいしゅ》が生まれたという言葉に、これで見習いも親方もみんな平等な世界がやってくるんだ、と思った。これでもう、昼も夜も働かなくてもいいんだ。

モスはモスで、教会のステンドグラスにえがかれた自分の姿を思いうかべていた。絵のなかのモスは、とりあげた神の子を、今まさに黒髪《くろかみ》の聖母《せいぼ》マリアにささげようとしていた。ところが見習いのブリスターのほうは、自分だけが暗闇《くらやみ》にとり残され、みんなから見放され、さげすまれている光景しか想像できなかった。聖霊《せいれい》からも、モスからも、だれからもさげすまれ、見放されてしまう……。

ブリスターは破れかぶれになって、ジプシーの目をにらみつけた。それから大きく口を開け、あくびのまねをした。するとジプシーは急におびえた顔をし、けんめいに歯を食いしばって、ブリスターのあくびが移らないようにした。そうしながらも、お願いやめて、と必死に目で訴《うった》えかけてきた。ジプシーの女にとっては、この産婆《さんば》の見習いは悪魔《あくま》だった。あくびをさせて、開いた口から子どもの魂《たましい》をにがしてしまおうとしている! 彼女《かのじょ》は大きく体を波打たせ、頭を左右にふった。

「ブリスター、ねえ、ブリスター」モスは感激のあまりすすり泣いていた。「あたしたちが選ばれるなんてねえ。こうして二人でねえ。このありがたい夜にねえ。あたしにはわかっていたんだよ。いつかきっと、二人で何かすばらしいことがやれるって。おまえを取りあげたとき、そんな予感がたしかにしたんだよ。ねえ、ブリスター、おまえが生まれたあの夜は、神の恵《めぐ》みだったんだねえ」

その言葉に、ブリスターの心は一挙《いっきょ》に晴れあがった。あたいが生まれた夜は神の恵《めぐ》みだった！　ブリスターは開けていた口をぎゅっと閉じた。それを見て、ジプシーの女はかがやくばかりのほほ笑《え》みをうかべた。

「はさみだよ、ブリスター！　はさみはどこ？　何ぐずぐずしてんのよ」

遠くから見つめていたボースンの目には、たしかに、光に包まれて新しい命が生まれてくるように見えた。それから金の糸のような泣き声が聞こえた。みんなは目を丸くして近寄っていった。

「ああ、ブリスター！」モスが叫《さけ》んだ。声がふるえている。「あたしたちは、選ばれたんじゃなかったんだよ。ちがったよ。この子は神の子じゃないよ。女の子だもの！」

こうして、大さわぎしてかきたてた夢は、灰となってくずれ落ちてしまった。旅人たちは部屋にもどっていった。ジプシーの女は赤んぼうにおっぱいをふくませ、そのそばではロバが頭をたれて、静かにわらをかんでいた。宿屋のおかみさんは悲しそうな顔をして、モスにおやすみをいった。広場の古ぼけた馬車が、さっきよりもいっそう古ぼけて見える。

「反対だったらよかったのになあ」ボースンがブリスターに話しかけた。「グリーニング親方んとこのが女の子で、今のが男の子だったらよかったのに。もしそうなら、ほんとによかったのになあ」

ボースンはため息をついた。そして、もう少しで自分も世の中の人もみんな救われたのに、とつくづく思った。

「男の子だったらねえ」モスはグスンと鼻を鳴らし、涙《なみだ》をぬぐった。

「もう働かなくてもよくなったのになあ」とボースン。

「もう、だれも死ななくなったのにねえ」とモス。

「日曜日には雨なんか降らなくなったのに」とボースン。

「じめじめした冬もなくなって、歳《とし》をとることもなくなったのに」

「一年じゅうイチゴが食べられたのに」

「みんなが結婚《けっこん》できて、つれあいと死に別れることもなくなったのに」

「みんなきれいになったのに」とイタチ顔のボースン。「みにくい顔なんて、一つもなくなったのに」

ボースンはちらりとブリスターに目をやった。だまって星を見あげている。がっかりしているようでも、悲しんでいるようでもなかった。それどころか、ほほ笑《え》んでいる。それはブリスターにしかわからない、秘密のほほ笑みだった。やっぱり見放されてはいなかったのだ。聖霊《せいれい》にも、モスにも、世間の人々にも。選ばれたのはこのあたいなんだ、もうそれにまちがいない。ボースンはそう思いをめぐらしながら、ブリスターは星空を見つめ、いつまでもほほ笑んでいた。ボースンには、そんなブリスターの様子がなぜか神秘的《しんぴてき》で、すごくすてきに見えた。そのうち、ブリスターのほうもボースンが自分を見ているのに気づき、相手を見返した。

「男の子がほしかったのに」とモスがまたもやため息をついた。

「男の子がほしかったのに」ブリスターも同じ言葉をくり返した。そして豆の支え棒みたいにひょろひょろした女の子と、イタチみたいな顔をした男の子はじっと見つめあった。

「クリスマスおめでとう！」アーチ門のところにいたさっきの点灯夫《てんとうふ》が声をかけてきた。

「『ひとりの男の子が、わたしたちのために生まれた！』」

「女の子だったんだよ」モスがしゅんとして答えた。「男の子がほしかったのにねえ」

すると、「でも、あたいには男の子ができたわ」とブリスターがつぶやいた。

「うん、そうだね」ボースンはそういいながら、ブリスターの手を取った。

暗い夜道をモスとブリスターとボースンが急ぎ足で歩いていく。

「おかみさん！」ブリスターが声をかける。「やっぱり、あれは神の子だったのよ」

モスはふり返ってブリスターを見つめ、それからボースンに目をやる。そして、にこりと笑ってうなずく。

「ああ、どうやらそうだったようだね。どうやらね」

外《がい》套《とう》

新年の朝が明けた。たくさんの人々が、今年こそはと決意をあらたにする新しい朝だ。自然も、人々の決意を歓迎《かんげい》するように、しみ一つないまっ白な景色《けしき》を用意してくれた。ゆうべは大雪だったのだ。何もかも白い。屋根も、路地《ろじ》も、広場も、裏通りも、表通りも、まるでまっ白いノートの一ページ目みたいに、生き生きとして希望にあふれている。

油まみれの年老《としお》いた点灯夫《てんとうふ》が、サザンプトン通りの高い街灯の上からその景色《けしき》をながめていた。街灯から街灯へと歩いてきた自分の足跡《あしあと》が見える。それに、引きずってきた重たいはしごの跡もついている。何もかもくっきりしている。ころんだ場所までわかる。むこうからお手伝いの娘《むすめ》が二人、朝の牛乳を取りに急ぎ足でやってきた。点灯夫は「新年おめでとう」と声をかけた。急に空から声が降ってきたものだから、娘たちはギクリとしたようだった。けれども、そのつやつやした顔をこっちにむけると、おどかしちゃだめじゃない、とでもいうように指をふった。それから笑いながら、おめでとうとあいさつを返してきた。

街は気味が悪いほど静かだ。白い風景のなかを、人々が音もなく夢のように行きかっている。

そのうち、コベント・ガーデンのほうから、荷物を背負わせたロバをひいて、ジプシーの女が黒い影《かげ》のように近づいてきた。

女は黒い顔をし、もじゃもじゃの髪《かみ》をしていた。女とロバの足もとからは、雪が小さな吹雪《ふぶき》のようにまいあがっている。

「リンゴはいかが！　甘《あま》いケントのリンゴだよ！」点灯夫《てんとうふ》の姿を見つけると、ジプシーの女は声を張りあげた。「お一ついかが」

「歯が一本もないからなあ」点灯夫は情けなさそうにいいながら、ロバの背に積んであるかごをのぞいた。片方のかごには、黄色や緑のリンゴがたくさんつめてあった。もう一方のかごには、ぼろに包まれたちっちゃな赤んぼうがねむっていた。生まれて一週間ぐらいだろうか。

点灯夫はニヤリと笑った。

「でもな、その赤んぼうならいただくよ。やわらかそうだから、歯ぐきでも食えそうだからな」

点灯夫《てんとうふ》はふざけて歯ぐきをむきだしてみせた。

「一ポンドで売ってあげるよ」ジプシーの女はいった。

「だが、買っても置く場所がないからなあ」

「それなら、一ポンドから五シリング引いて、十五シリングでどう？　この子がいい家に引き取られるんだったら、十五シリングでも文句はないよ」

点灯夫《てんとうふ》は首をふり、はしごからおりた。そして、街灯の燃え残りを集めた墨《すみ》のかんに小指をつっこむと、赤んぼうの額《ひたい》に小さな十字をかいてやった。

「縁起《えんぎ》がいいんだよ、こうすると。点灯夫《てんとうふ》の墨《すみ》でこの世はばら色、っていうからな」

「ありがとう。お礼に、この白ヒースの小枝をあげるよ。あんたと、あんたの家族のためにね。ジプシーのヒースはいい天気を呼ぶ、っていうのよ。ところで、このへんに質屋《しちゃ》はあるかしら」

「新年早々質屋だなんて、縁起《えんぎ》でもないな」

「だけど、背に腹はかえられないからね」ジプシーの女はいい返した。「そうだろう？」

点灯夫《てんとうふ》は頭をかきながら考えた。

「質屋《しちゃ》ではリンゴは受け取らないよ。それに、赤んぼうもね」

「外套《がいとう》があるのさ」女はじまんげに打ち明けた。

「それならだいじょうぶだ。連中は着ている物だってはぎ取ってしまう、っていうくらいだからな」

「ほんとうかい」

ジプシーの女は、しわにかくれている相手の目をじっとのぞきこんだ。するとその目が急にきらりと光り、点灯夫《てんとうふ》はいたずらっぽくニヤリと笑った。

「ドルアリー通りに行ってみな。トンプソンの店だ」

ジプシーの女もニコリと笑った。

「レイチェルの心からの祝福を」女はそういいながら去っていった。

「新年おめでとう！」点灯夫《てんとうふ》は、音もなく遠ざかっていく女とロバを見送った。雪が足もとから細かいしぶきのようにまいあがっている。まるで白い海の上を歩いているみたいだ。ちょうど、あと五分で八時になろうとしていた。


ドルアリー通りの南のつき当たり、その左手にトンプソンの店はある。ドアには『お手ごろな個人金融《きんゆう》』と書いた札が打ちつけてあり、ドアの上からは太い鉄の棒がつきでている。棒からは、質屋《しちや》の印の三つの真鍮《しんちゅう》の玉がぶらさがっている。玉は冬の冷たい日差しをあびてキラキラ光り、お金に困っている人たちにおいでおいでをしているように見える。真鍮の玉にも雪は積もっている。白いぼうしをかぶって明るくかがやいているところなどは、まるで丸顔の小さな花嫁《はなよめ》のようだ。

ところで、もっと近寄って見ると、三つの玉にはほんとうに顔のようなものがうっすらとかいてあるのがわかる。しかし、どの顔も明るい表情はしていない。だいぶ前のことになるけれども、一人の役者が鉄の棒によじ登り、真鍮《しんちゅう》の玉にぞっとするような悲劇の仮面の顔をかいたのだ(役者たちはトンプソン質店《しちてん》の得意客だった)。けれども、長いこと雨風や雪にさらされ、そして見習いのクートにブラシでほこりをはらわれているうちに、仮面の顔はあらかた消えてしまっていた。

トンプソンさんというのは厳しい人だった(厳しいといえば、近くのヘンリエッタ通りで質《しち》屋《や》をやっている、義理の弟のロングさんもこれまた厳しい)。それにトンプソンさんは、商売をする時には、『厳しさの上に冷酷《れいこく》を』という言葉をモットーにしていた。

「質入《しちい》れをしようというやつらは、みな金に困ってる」トンプソンさんはしばらく店をあけるときになると、いつも留守番の見習いに注意を与《あた》えることにしていた。「そして、金に困っている人間というのは、せっぱつまっている。いいか、クート、せっぱつまった人間を信用しちゃいかんぞ。うそはつくし、ごまかしはするし、いかさまはするし、そりゃあひどいもんだ。たしかに貧乏《びんぼう》というのは犯罪じゃないかもしれん。だがわしの経験からいえば、貧乏はまちがいなく犯罪を引き起こすのだ。貧乏すると、人間いやしくなる。そしてこのいやしい人間ほど、油断のならないものはないんだな。聖書にも書いてあるじゃないか、富《と》んでいる者でさえ天国に入るのは難しい、と。だから、貧乏人が天国に入るのがどれほど難しいかは、ちょっと考えてみればわかるだろう？　それに、天国に入るためだったら、連中がどんなインチキだってやりかねないかってことも。いいか、連中は質入れする品物の値段を、相場《そうば》の二倍はふっかけてくるんだぞ。そして、死んだお母さんのお墓にちかってうそはありません、なんていうんだ。かと思えば、金は借りるだけだ、あしたになったら必ず質物《しちもつ》を引き出しに来る、なんていう。ところがどっこい、そんな言葉を信用しちゃいかん。やつらは引き出しに来たためしなんかないのさ。だから、いいか、油断するんじゃないぞ」

トンプソンさんは、今回も見習いのクートにいつもと同じような注意を与《あた》え、義理の弟のロングさんといっしょにクリスマスと正月の休暇《きゅうか》で田舎《いなか》に出かけていった。ただ、いつもとはちがうめでたい季節なので、ちょっとだけこんなじょうだんをつけ加えたのである。

「もしも、客がやってきて、魂《たましい》を質《しち》に入れたいっていったら」トンプソンさんの目がチカッと薄気味《うすきみ》悪く光った。「ロングさんの店に行けっていってやれ！　じゃあな、クート。クリスマスおめでとう。それに、いい正月を。いいか、油断するなよ」

そういうわけで見習いのクートは油断なく店番をした。ところで、その油断のなさは、ときには親方のトンプソンさんの想像さえこえるほどだったのである。

クートはこざっぱりした身なりの十六歳《さい》の若者で、見習いになって今年で四年目になる。金ぶちのメガネ(じつは客があずけていった質物《しちもつ》を、勝手に拝借している)をかけているせいか、まじめな感じがする。それに目も大きく見える。しかしメガネを取ると、目は小さめで、どこかずるそうな感じに変わるのだった。

まだ店は閉まっている。けれどもクートは、もう、まるでカトリック教会の懺悔室《ざんげしつ》みたいな小さな仕切りに入り、高い腰《こし》かけにすわっている。そしてカウンターにひじをついて、何やら帳簿《ちょうぼ》に書きこんでいる。ひじのわきには『ミスター・クート』と書いた小さな木の名札が置いてある。そしてその横には、黄ばんだカードがかざってあり、こう書いてある。『トンプソン質店《しちてん》は、すべてのお客様に新年のお喜びを申しあげます』。このカードはふだんは小さな布の袋《ふくろ》にしまってあるのだけれども、毎年正月になるとこうしてカウンターにかざられるのだ。

やがて帳簿《ちょうぼ》づけを終わったクートは、正月用のカードにぼんやりと目をやった。そしてふと思いついて、自分の名札をカードの前にもっていった。すると、『トンプソン質店《しちてん》は、ミスター・クートに新年のお喜びを申しあげます』というありがたい新年のあいさつになった。

クートはみごとなできばえに満足して、そのカードをしばらくながめていた。が、やがてチョッキのポケットに手をつっこむと、大きな銀時計を取り出した。銀時計には、囚人《しゅうじん》でさえもつなげそうな太い鋼鉄の鎖《くさり》がついている。クートはぱちんとふたを開けた。それから、あと一分で開店なのを確かめると、ゆっくりと鼻をほじくりはじめた。そして八時。いよいよクート様のうでの見せどころだ。クートは腰《こし》かけからさっと降りると、カウンターの下をくぐり、ドアのカギを開けた。それから、まちがっても客に先をこされたりしないようにと、ネズミみたいにすばしっこくもとの場所にもどった。こうしてトンプソン質店《しちてん》は、新年の営業を開始したのである。

最初の客はかなり歳《とし》をとった役者だった。三シリングの値打ちもない半ズボンをあずけて、五シリングを借りようという魂胆《こんたん》らしい。

「新年おめでとう、きみ」役者はそういうと、カウンターに身を乗りだしてきた。そのなれなれしい態度はいかにも自信ありげだったけれども、せっぱつまっているのが見え見えだった。

クートは、葬儀屋《そうぎや》のほほ笑《え》みとそっくりだという質屋《しちや》独特の笑いをうかべると、だまってカウンターのカードの前から自分の名札を取りのけた。『トンプソン質店《しちてん》は、すべてのお客様に新年のお喜びを申しあげます』。そうやって、よけいなエネルギーを使わずに、相手にあいさつを返した。

クートは半ズボンを念入りに調べはじめた。

「一ギニー金貨でも入ってないかね、そのなかに」質屋《しちゃ》の見習いがポケットをひっくり返すのを見て、客はじょうだんを飛ばした。

クートは返事をしなかった。気を許してなるものか、と思った。一通り調べ終わると、半ズボンを客のほうにおしもどした。

「残念ですが、おあずかりできませんね。ちょっと古すぎますよ」

役者はびっくりぎょうてんした。なんという意外な言葉、なんという屈辱《くつじょく》、なんというショック！　彼《かれ》は文句をいい、たのみこみ、必死におがみたおそうとした。

「わかりました。それでは、一シリングでおあずかりしましょう」クートは落ち着きはらって相手の言葉をさえぎった。この客はもうこっちのいいなりになるな、と見当をつけたのだ。

「一シリングだって？　だけど――」

「なんなら、ヘンリエッタ通りのロングさんの店に行ってみるといいですよ。もしかすると、そこで働いているジェレマイア・スナイプくんが、ここより一ペニーかそこら高く引き取ってくれるかもしれませんからね。でももしかすると、かえって六ペンスぐらい値切《ねぎ》られるかもしれませんよ。さあ、どうぞ。さっさとジェレマイアくんのところに行ったらどうです」

質屋《しちや》の見習いは客を冷たい目で見つめた。もうこっちのものだ。この客はジェレマイアのところになんか行きやしない。金輪際《こんりんざい》行くもんか。むこうでまたこんな恥《はじ》をかかされるだけの根性《こんじょう》なんてないさ。

クートのにらんだとおり、客は完全にまいっていた。領収書代と質物《しちもつ》の保管料として一ペニー、それから二か月分の利息を一ペニー前払《まえばら》いでいただきます、といって、一シリングからさらに二ペンスを引いて、十ペンスだけわたしてやった時でさえ、文句もいわなかった。

「まったく」客がこぼした。「ちょっとばかり、やり方がひどいんじゃないのかい」

不満に答えるように、クートは、仕切りの壁《かべ》にかかっている二つの額のほうをチラリと見た。質屋《しちや》の玉の図案でふちどられた額には、法律で定められた利息が書いてあった。それから、金《きん》融業《ゆうぎょう》にたずさわる者たちが不正なことをしないようにと、規則がいろいろと並べてあった。

役者はうんざりしたように首をふった。こんな小さな字を読んで目を悪くしちゃたまらない。どうやら、これでも公明正大な取り引きらしいな、と思うことにした。たぶん、この見習いも正直なんだろうさ。

「来週また来る」役者は十ペンスを受け取ると、質入《しちい》れした半ズボンをなごりおしそうにそっとたたいた。「これを引き出しにな」

「引き出すって？　あんたには、引き出すという言葉の意味がわかってないのさ」クートは相手に聞こえないよう小声でいった。客はよごれはじめた新年の雪のなかに出ていった。

次の客はかつらを持ってきた。けれどもクートは、かつらがシラミだらけなのを目ざとく見つけ、追い返してやった。その次には女の客がやってきて、おかしなことをいいだした。スカートの張《は》り骨《ぼね》をあずけて七シリング借りたいから、はずすあいだうしろをむいていてくれないかというのだ。

「うしろをむいていろですって？」たちまち、油断するなという親方の言葉が頭にうかんだ。「残念ですが、それはできませんな。そんなことをしたら、この時計まであぶない」そういいながら、クートはだいじな銀時計をカウンターに置いてみせた。それは七年間の徒弟《とてい》生活のはじまりを記念して、父さんにプレゼントしてもらったものだった。「あなたの魅力《みりょく》にまどわされないようにしますから、どうぞそこでやってください」

こうして女の客は、あまりのみじめさにまっ赤になりながら、よごれた下着とやぶけたストッキングをしぶしぶクートの目にさらすことになった。質屋《しちや》の見習いは薄笑《うすわら》いをうかべて、その様子をながめていた。

「なんだ、本物のクジラの骨じゃないじゃないですか」カウンターごしに張《は》り骨《ぼね》を受け取ると、クートはいった。「残念ですが、おあずかりできませんね、その値段では。まあ、せいぜい二シリングってとこですよ」

「なんてケチなの！」

「ちょっと待って！」ケチとずばりいいあてられたので、クートはムッとした。「これだと、やっぱり一シリング九ペンスってとこだな」

それから張《は》り骨《ぼね》をつきかえしてやった。「ご不満なら、ヘンリエッタ通りのロングさんの店に行ってみるといいですよ。もしかすると、そこで働いているジェレマイア・スナイプくんが、ここより一ペニーかそこら高く引き取ってくれるかもしれませんからね。でももしかすると、かえって六ペンスぐらい値切《ねぎ》られるかもしれませんよ。さあ、どうぞ。さっさとジェレマイアくんのところに行ったらどうなんです」

そういうと、クートは相手のふるえる唇《くちびる》と涙《なみだ》でいっぱいの目をながめた。もう、こっちの勝ちだ。この客はジェレマイアのところになんか行きやしない。金輪際《こんりんざい》行くものか。

もちろんクートの考えたとおりだった。クートはまちがったためしがない。だからこそ、トンプソンさんにも信頼《しんらい》されていた。

「また来るわ、かならず」客は、ずたずたに引きさかれたプライドをけんめいに取りもどそうとした。「それを引き出しに。来週」

そういうと、一シリング九ペンス(引く、費用と利息の二ペンス)をわしづかみにし、ますますよごれてきた新年の雪のなかに飛びだしていった。

クートは薄笑《うすわら》いをうかべ、その様子を窓からながめた。張《は》り骨《ぼね》をぬいてしまったので、スカートがだらりとたれさがっている。それを引きずって歩いていくものだから、自分の足跡《あしあと》をできたそばから消している。

「引き出すって?」そっとつぶやいてみた。「あんたには、引き出すという言葉の意味がわかってないのさ」

クートはしばらく何やら難しい顔をして座っていた。が、やがていすから降りると、カウンターの下をくぐり、玄関《げんかん》のドアにカギをかけに行った。それから自分の席にもどり、スカートの張《は》り骨《ぼね》と半ズボンに札をつけて、店の奥《おく》にある倉庫に運んでいった。

この陰気《いんき》な薄暗《うすぐら》い部屋には、落ちぶれた人生と、ふみにじられたプライドと、虫よけの樟脳《しょうのう》のにおいがただよっていた。クートは張《は》り骨《ぼね》と半ズボンをほかのたくさんの質物《しちもつ》といっしょに置いた。それらの質物は、引き出されるのを半分はあきらめながら待っている。かつら、上着、外套《がいとう》、シーツ、ステッキ、結婚《けっこん》指輪、靴《くつ》、時計。どれも首を長くして、もとの主人がもどってくるのを待っている。けれども、ひと月たつごとに自分の居場所《いばしょ》はだんだん高い棚《たな》に移されてしまい、一年と一日が過ぎると、引き出されることもなく売りさばかれてしまうのだ。

悲しい光景だった。しかし、商売慣れをしているクートは、変に心を動かされるようなことはなかった。台や、棚《たな》や、分類箱に所せましと並べられている商品をざっとながめ、そっとささやいた。

「引き出すって？　あんたには、引き出すという言葉の意味がわかってないのさ」

店にもどってみると、いつも自分がいる仕切りの中がまっ暗になっていた。いつのまにか、黒い影《かげ》がさしこんでいる。

「なんだ、これは――」といいかけて、窓のほうに目をやった。すると、ジプシーの女が光をさえぎっていた。

両うでをいっぱいに広げ、うすよごれたガラスに、てのひらと顔をべったりとくっつけている。店のなかに何か商品が並べてあるとでも思っているらしい。そののしかかるような格好《かっこう》を見ているうち、気持ちが悪くなり、むかついてきた。激しく手をふって、追いはらおうとした。

すると、女はニッと笑いかけ、ドアの上にぶら下がっている質屋《しちゃ》の印を指さした。クートはいやな顔をした。ジプシーというのはいちばん油断がならない。やつらから目を離そうものなら、着ている上着のボタンまで盗《ぬす》み取られてしまう。

「行っちまえ！」クートは声を出さずに、口だけを動かしていった。「新年早々くたばっちまいな！」

しかしそれでも女は笑っていた。ジプシーにしてはきれいにそろった、白い歯をむきだしにしている。女はもう一度質屋《しちや》の印を指さすと、窓からはなれ、連れているロバが見えるようにした。クートは勢いよく首をふり、「生き物はだめだ！」と叫《さけ》んだ。

「生き物はだめ。ヘンリエッタ通りのロングさんの店に行きな！」

すると、今度はジプシー女のほうが首をふった。それにつられてクートはカギを開け、ほんのちょっとだけドアを開いた。たちまち、褐色《かっしょく》の筋《すじ》ばった手がそのあいだからのびてきて、入口の上をつかんだ。一瞬《いっしゅん》クートは、思い切りドアを閉めて手をはさんでやろうかと思った。

「レイチェルの心からの祝福を」ジプシーは耳ざわりな声でいった。

「なんの用だい」

「質入《しちい》れしたい物があるんだよ」

「盗品《とうひん》かい」

「そんなことは、知らないほうがいいんじゃないのかね」

そのとおりだった。だが油断は禁物《きんもつ》だ。あと二日でトンプソン親方も帰ってくる。それまではめったなことで気をゆるめちゃいけない。

「なんだい、その質入《しちい》れしたいって物は？」

「外套《がいとう》だよ」

クートはばかにしてフンと笑った。ジプシーの女はすごい体臭《たいしゅう》だった。こんな女の着た外套《がいとう》なんか、引き取る価値もない。その下に着ているもの全部合わせたって、六ペンスにもならないさ。

「ヘンリエッタ通りのロングさんのとこに行きな」そういって、ドアを閉めようとした。

「本物の絹だよ。毛皮のえりもついてるんだ。とても高価な物だよ」

クートはドアをさっきより五センチほどよけいに開けた。そして、相手につかまったりしないよう用心しながら、片目でのぞいてみた。女はもう一方の手で包みをしっかりとかかえていた。

「それかい？」

女は声を立てて笑うと、包みのおおいを取ってみせた。赤んぼうの頭が見えた。ひたいに何か黒い印がついている。

「赤んぼうなんか連れてきちゃだめだ」クートはガミガミいった。「悪い病気にでもかかってたら、とんだめいわくだ」

「でも、外は寒いのよ」

「そんなの、最初からわかってるだろ。おまえみたいなのが、子どもなんか産むからだよ。とにかく、なかに入れちゃだめだ」

おどろいたことに、ジプシーの女はおとなしくうなずくと、赤んぼうをロバの背にもどしに行った。それから黒いかたまりを持って、戸口までもどってきた。たしかにそれは絹だった。

「わかった」クートはそういうと、ドアを放し、いつものようにさっと自分の席にもどった。それでも、相手のほうがもっとすばしっこくて、まだこっちが身構《みがま》えていないうちに入ってきたような気がしてならなかった。

ジプシーの女は、だまってカウンターのむこうから外套《がいとう》をさしだしてきた。クートは調べはじめた。紫《むらさき》の裏がついた、黒い絹の外套だ。えりは本物のキツネの毛皮。えりの内側には上品な刺繍《ししゅう》がしてある。たしかにいい品物だ。だが、油断は禁物《きんもつ》だ。

「どこで手に入れた？」

「父さんの形見《かたみ》なんだよ」

「ほう、なるほど。父さんのね」クートは、そんなうそはお見通しさ、とばかりにニヤリと笑った。

「父さんの形見《かたみ》だよ！」女はむっとしたようにくり返した。

「あんた、どこから来たんだい」クートは質問を続けた。「答えてくれよ、法律で決められてるんだから」

「ケントだよ」

「それはまた、ずいぶん遠くから来たもんだなあ」

「月の裏側さ！」

「つまり、遠くから来たってことだね？」クートはわけ知り顔でいった。

女はうなずいた。「そうだよ」

「それで、いくらほしいんだい」

「銀貨で二ポンド」

「じょうだんじゃない！　このぼくをなんだと思ってるんだ。あんたみたいな盗人《ぬすっと》に二ポンドも貸せっていうのかい。人をばかにするのもいいかげんにしてくれよ。こんなひどい外套《がいとう》をあずけて、二ポンドも借りようっていうのかい。ごらんよ。ほら、よく見るんだ！　えりに虫の卵がついてるじゃないか。それに、縫《ぬ》い目をごらんよ。こんなんじゃ、一週間もたたないうちにほつれてしまうよ。それに、それに、ほら、ここ！　大きい、きたないしみがあるだろ？　こんなしみは金輪際《こんりんざい》とれやしないよ！」(たしかに、紫《むらさき》色の裏地《うらじ》には赤茶色のしみがついていた。でも、大きいしみではなかった。)「それに、この変なにおいはなんだい！　こいつは絶対にぬけやしないよ。こんな品物じゃ、せいぜい五シリングしか用立《ようだ》てられないね。それでも、こっちとしちゃ出血大サービスってとこさ」

「たったの五シリング？　ちょっと、そりゃああんまりだよ。もっと貸しておくれよ。あの子の世話もしていかなけりゃならないんだから」

「さっきもいったけど、そんなことは最初からわかってたはずだろ。とにかく、うちとしては五シリングしか出せないね」

「ねえ、せめて一ポンド、銀貨で一ポンド用立《ようだ》てておくれよ」

「いやなら、よすんだね。なんなら、ヘンリエッタ通りのロングさんの店に行ってみるといいさ。もしかすると、そこで働いているジェレマイア・スナイプくんが、ここより一ペニーかそこら高く引き取ってくれるかもしれないよ。でも、もしかすると、かえって六ペンスぐらい値切《ねぎ》られるかもしれないがね。さあ、さっさと出てったらどうなんだ」

「十シリング！　十シリングにしておくれよ！」

「五シリングだね。もし、相場《そうば》より高く引き取ったなんて親方に知れたら、どうなると思う？　ぼくなんか、たちまちクビになってしまうんだぜ。あんた、ぼくを破滅《はめつ》させるつもりかね。五シリングだよ。これ以上しつこくすると、おまわりさんを呼ぶよ」

おまわりさんを呼ぶ、というのがクートの奥《おく》の手だった。女は目を丸くし、ぶるぶるふるえはじめた。これで、もうこっちのものだ！

「いいわ、もう。わかったわ」ジプシーの女はつぶやいた。「銀貨で五シリングおくれ。それから、領収書も」

「領収書だって？　領収書なんてどうするの」

「あの、外套《がいとう》を引き出すためだよ。あたし、あたし、あとで取りにくるから……すぐにね」

「引き出すって？」とクート。「引き出すっていう言葉の意味もわからないくせに」

しかし、女は無知としつこさを丸出しにして、書いてくれとねばった。それでクートはせせら笑いながら書いてやった。

「領収書の代金を三ペンスいただくよ」そういって残りのお金をわたし、店から追いだしてやった。

ジプシーの姿が見えなくなると、クートはドアにカギをかけ、もう一度外套《がいとう》を念入りに調べた。自分でも着てみた。けれども大きすぎて、まるで死体をくるむ布を体に巻いているような感じがした。一方の端《はし》を持ちあげて、古代ローマ人みたいに肩《かた》にかけてみた。でも、どうもしっくりしない。それでしぶしぶ外套をぬいだ。そのとき気がついたのだけれども、例の赤茶色のしみは外套のちょうど心臓のへんにあった。でも、クートは背が低いので、しみはもっと下のみぞおちのあたりまで来た。

それからそうっと毛皮のえりをなでた。そしてもう一度内側の刺繍《ししゅう》を調べてみた。クートは一瞬《いっしゅん》口をすぼめ、それからニヤリと笑った。刺繍は模様ではなかった。角ばったゴシックの書体で文字が書いてあったのだ。

『わたしをあがなう方は生きておられる』。聖書の言葉だった。

「あがなうだって？　金をはらって、おまえを引き出してくれるとでもいうのかい」質屋《しちや》の見習いは一人でクスクス笑った。「いつだってお客はそんなことをいう。だけどあいつらには、引き出すという言葉の意味がわかってないのさ！」

夕方の七時半ごろになると、すばらしい新年の雪景色《ゆきげしき》もすっかり変わってしまった。もう雪が降らないので、朝のうちはきれいだった街の通りも、黒い足跡《あしあと》ですっかりきたなくなっている。

一日の仕事から解放された質屋《しちや》のクートが、しっかりと雪がふみ固められたところを選んで歩いていく。一番いい靴《くつ》をはいているので、よごしたくないらしい。それに用心深いクートのことだから、もしかすると足跡《あしあと》を残さないよう注意しているのかもしれない。というのも、いまむかっている行き先は、できるならだれにも知られないほうがいいのだから。

クートはピョンピョンとびはねるようにして歩いている。まるで子ヒツジみたいだ。どうやら、一日じゅう陰気《いんき》な仕事をやっているあいだおさえこまれていたエネルギーが、バネのように一挙《いっきょ》にはじけたらしい。いかにも若者らしくはつらつとしている。それに、ずいぶんと着かざっている。派手《はで》ながらのチョッキ、赤毛のかつら、まっ黄色の絹のズボン。まるでチョウチョだ。たいへんな変身ぶりだった。

やがてヘンリエッタ通りのロング質店《しちてん》に着くと、クートはドアをコンコン、コンコンと気取ってノックした(ドアには『お手ごろな担保《たんぽ》でご用立《ようだ》ていたします』と書いてある)。そして返事を待つあいだ、すまして三つの真鍮《しんちゅう》の玉を見あげていた。じきに見習いのジェレマイア・スナイプがドアを開けた。

「やあ、ジェリー、新年おめでとう！」クートはいった。

「おめでとう、クーティ。ついでに商売繁盛《はんじょう》といきたいね！」

ジェレマイアはいつもながら気のきいた返事をすると、気取った笑いをうかべ、友だちのクートを店に通した。ジェレマイアはクートより一か月だけ年が若い。そして、天使のような丸い顔をしている。その顔のせいで、ロング質店《しちてん》にやってくる客は、ジェレマイアと値段の交《こう》渉《しょう》をするのが何かはずかしいような気がするのだった。けれども、そのやさしそうな顔のかげには、クートにも引けを取らない無情な心がひそんでいたのである。いや、この商売に入ったのがクートより四週間おそかったから、まだ少しは先輩《せんぱい》のクートよりは甘《あま》いところがあったかもしれない。だが、どんどん追いついてきていることはたしかだった。

「クーティ、何かいい品が手に入ったみたいだね」

クートは顔じゅうに笑《え》みをうかべた。

「やっぱりね」ジェレマイアはぬけ目なくいった。「だから、そんなにめかしこんでるんだ、金魚みたいにね」

「ちょっとこれを見てくれないか」クートは相手のじょうだんを無視した。「ジプシーが持ってきたんだよ」

外套《がいとう》を一目見ると、ジェレマイアはヒューッと口笛をふいた。それから、いつもの場所から品物を調べるため、カウンターをくぐった。クートもいっしょにくぐろうとしたのだが、ジェレマイアが片足をつっぱって、入れないようじゃまをしている。それで、カウンターのこちら側でがまんすることにした。立場が逆だったら自分も同じことをするだろうな、と自分を納得させながら。

「五ポンドだね」外套《がいとう》を調べ終わると、ジェレマイアがいった。

「けちなこというなよ。友だちじゃないか」クートはじょうだんっぽくいった。「六ポンドにしてくれよ」

ジェレマイアはステンドグラスの天使みたいに、というより、すごくよごれたステンドグラスのいやしい天使みたいにほほ笑《え》むと、うなずいた。「じゃあ、六ポンドにしましょうかね」

こうして交渉《こうしょう》が成立すると、今度は二人の見習いは奇妙《きみょう》なことをしはじめた。ジェレマイアは法律で定めてあるとおりに、ロング親方の帳簿《ちょうぼ》に取り引きの金額などを記入し、一方クートのほうも、自分だけの秘密の帳簿に同じことを記入した。それからジェレマイアは、ロング親方のお金から六ポンドを引き出してクートにわたした。もちろん、外套《がいとう》の保管料と、領収書代と、二か月分の利子《りし》はさし引いた。それがすむと、今度はクートがロング親方のお金の半分、つまり三ポンドをジェレマイアに返した。

実は二人の見習いは、だいぶ前からこんなことをやっていたのである。それは二人の友情に基づく共同事業のようなものだった。

初めてクートがこの考えを打ち明けたとき、ジェレマイアは悪いことをするようであまり乗り気ではなかった。そこで、こんなふうにクートは説明した。「盗《ぬす》みをしようというんじゃないんだぜ。ただの商売なんだよ。法を破ることにはならないんだ。法にはふれさえもしないよ。いいかい、ジェリー」相手がまだ納得しないようなので、例をあげることにした。「銀行を見てみなよ」

「銀行がどうかしたのかい」

「銀行って、法律にふれてないだろ?」

「まあ、本人たちにいわせればね」

「そこでだ。銀行に金をあずけるだろう――」

「おれは、あずけたりしないよ。靴《くつ》にかくしてあるんだ」

「たとえばの話だってば。いいか、たとえば、銀行に金をあずけるだろう。すると、銀行ではその金を使っていろんな商売をするよな。人に貸したり、投資したり、物を買ったり。な、まるで自分の金みたいにあつかっているじゃないか。おれたちがやるのも、それと同じなんだよ。お客が質《しち》に入れた品物を、今度はおれたちがおたがいの店に質入れするんだ。といっても、利子《りし》をつけて貸したり借りたりするだけだよ。だから、盗《ぬす》みをするんじゃないよ。再投資みたいなものなんだ。そして、人に知られないかぎり、おれたちはがっぽりもうかるってわけさ。きっとうまくいくよ」

「でも、もしだれかに見つかったら?」ジェレマイアは不吉《ふきつ》な予感がした。

「だいじょうぶさ」クートは自信たっぷりにいった。「金輪際見《こんりんざい》つかりっこないよ。よっぽど運が悪くなけりゃ、そんなことにはならない。なあ、ジェリー。商売には危険がつきものなんだよ。おれのほうがこの商売では先輩《せんぱい》だろ? だから、心配なんかしないで、まかせておけって。なあ、ジェリー」

こうしてジェレマイアは、クートの口のうまさとお金の魔力《まりょく》に負け、いっしょにやることになったのである。この相談をしたのは一年前のことだった。それからというもの、二人の仕事熱心な見習いはずいぶんとお金をもうけてきた。もちろん、自分たちの商売は、親方が街をはなれているときだけやるようにした。クートもジェレマイアも、実によく親方のいいつけを守った。つまり、決して油断をしなかったのである。

「今夜はどこに行こうか」ジェレマイアがたずねた。外套《がいとう》は、もう札をつけて親方の保管室にしまってある。

「オッペラなどをちょっとばかり見物したいものだね」クートがむやみに気取っていった。

「さあ、きみも服を着がえたまえ。そう、そう、ワイン飲みを忘れないようにね」

ワイン飲みというのは、ジェレマイアが洗礼式《せんれいしき》のときに記念にもらった銀のカップだった。これをジェレマイアは、ちょうどクートが銀時計を大切にするのと同じように大切にしていた。

八時十五分、二人の見習いはヘンリエッタ通りを出て、夜の街に出かけた。二人は、まるで自分たちだけに聞こえる行進曲に合わせるように、足並みをそろえて歩いた。クートもジェレマイアも、しゃれていて、上品で、かっこよかった。オペラ劇場のあるボウ通りを歩く二人の姿は、陽気で、はつらつとした気分をあたりにまき散らし、その目はきらきらかがやき、靴《くつ》のバックルはぴかぴか光っていた。いってみれば、頭のてっぺんから足の先までピッカピカで、しかもまんなかのおなかのあたりにはお金がたんまりあったわけだ。

まずオペラでもひやかして行こうじゃないか、とクートがいった。二人は一番値段の安い天井《てんじょう》さじきにのぼった。そして、そこにたむろしている召使《めしつか》いや、学生や、ほかの見習いたちといっしょに、口笛をふいたり、やじったり、拍手《はくしゅ》をしたりした。舞台《ぶたい》に女の歌手が出てくると歓声《かんせい》をあげ、下の一階席にぼうしをかぶっていない頭があるのを見つけると、オレンジの皮を落としてやった。そんな行儀《ぎょうぎ》の悪いことばかりしていたので、じきに劇場から追い出されてしまった。

次に二人は、かなり評判のいい酒場に行った。そして赤ぶどう酒を飲んでいい気分になったのはいいのだが、酒場を出たあとジェレマイアは道でゲエゲエあげてしまい、クートは雪ですべってころんでしまった。少し気分がよくなったころ、フェザーズ広場を通りかかると、男たちが闘鶏《とうけい》をやっていた。そこで、クートもジェレマイアも同じニワトリに金を賭《か》けた。ところがそのニワトリは、あっというまに負けてしまったのである。二人は十シリングずつ損をしてしまった。そのあと二人は五、六人の織物職人の見習いと合流し、ドアのノッカーをはずしたり、追いかけてきた警官に石を入れた雪玉をぶつけたりして、思うぞんぶん楽しんだ。

織物職人の見習いたちとは、じきに別れた。そのかわりに、ストランド街で、感じのいい二人連れの女の子に出会った。女の子たちには、ぼくたちは兵士なんだけれど、外国の戦争でけがをしたので休暇《きゅうか》をとって帰ってきたんだ、とうそをついた。話をほんとうらしく見せるため、クートもジェレマイアも足をちょっと引きずって歩いた。女の子たちにはキスをしたり、だきついたりし、レストランで食事をおごってやったりした。レストランではずいぶんいばり散らした。おかげでボーイが腹を立ててしまい、あやうく頭から熱いスープをぶっかけられそうになった。

けれども、ボーイはなんとかがまんしたようだった。そこでクートは、気前のいいところを女の子たちに見せてやろうと、たっぷりとチップをはずんでやった。

クートもジェレマイアも、仕事は仕事、遊びは遊びというふうにはっきりと分けていた。仕事となるとクートは、しつこく食い下がってくるお客からお金を一シリングでも値切《ねぎ》るために必死になる。けれども遊びの時は、一シリングどころか、三シリングもボーイにくれてやっても何とも思わなかった。ジェレマイアにしても、仕事の時はうその涙《なみだ》までうかべて、これでぎりぎりなんです、もう一ペニーも出せません、お客さん、などという。ところが今は、お気に入りの銀のカップに何杯《なんばい》も何杯もぶどう酒をついでは、テーブルやひざの上に、一回につき三ペンス分ぐらいずつ気前よくこぼしているのだ。

やがて、陽気な二人の見習いは、クートの店があるドルアリー通りのほうにむかってふらふら歩きだした。一晩じゅう遊びまわったものだから、もうくたくただった。窓ガラスはこわすわ、夜《よ》まわりの老人には足をかけて、かいば桶《おけ》に頭からつっこませてやるわ、とまっている馬車のランプははずすわで、さんざんいたずらをやってきた。女の子たちとは、いつのまにかはぐれていた。それに、ポケットにはもう一ペニーも残っていない。それでも二人は楽しくてしょうがなかった。歌をうたいながら、通りがかりの家々のドアをブーッでけりながら歩いた。そしてドアをけるたびに、あたりが寝静《ねしず》まっているのもかまわず、大声で「新年おめでとう！」とわめいた。

「あれっ？」ジェレマイアがしゃっくりをし、ドルアリー通りの先のほうをとろんとした目でながめた。「クーティ、おまえんとこにお客が来てるぜ」

クートはまばたきをし、それからしっかりと目をこらした。店の前に人が何人かいるようだ。しかも燃えている。炎《ほのお》につつまれている。クートは目をこすった。すると人影《ひとかげ》は二人になった。背の高い男が一人と、男を案内してきたらしい灯《あか》り持ちの子どもが一人。二人のま上には、三つの真鍮《しんちゅう》の玉がおどるようなたいまつの炎に照らされ、不気味に光っていた。悲劇の仮面が怖《こわ》い顔をして上からにらんでいるようだった。

クートはぼーっとしてその光景をながめていた。が、はっとわれに返ると、叫《さけ》んだ。「帰りなよ！　開店は朝の八時だよ！」

男はうなずいた。けれど立ち去らない。そこでクートは、よおし、思い知らせてやるぞ、と右に左によろけながら近づいていった。灯《あか》り持ちの男の子は、質屋《しちや》の見習いが鼻息を荒《あら》くしてやってくるのを見ると、にげていってしまった。つい今まで明るかったのがうそのように、あたりは急に暗くなった。

「いっただろ」クートはボクサーみたいに左右に体をゆらしながら、男にむかっていった。「開店は八時だって。閉まってるんだよ。商売はやってないんだ。わかったかい？　だから、バイバイだ。さっさと帰って、朝になったらもどって来なよ」

その見知らぬ客はクートより三十センチは背が高かった。その高いところから、むっつりとこっちを見おろしていた。凶暴《きようぼう》な感じのする顔だ。ハゲタカみたいに曲がった大きな鼻、落ちつきのない目。クートは思わず一歩あとずさった。おかげで、うしろにかくれていたジェレマイアにドンとぶつかってしまった。

と、男は不意にポケットに手を入れた。ナイフかピストルでも出すんじゃないかと、クートはジェレマイアのうしろにかくれようとした。だが、男が取り出したのはただの紙切れだった。

「なんだよ、それ」

「覚えてないのかい」耳ざわりな声だった。

「覚えてるも覚えてないも、そんなにふりまわしちゃ、わかんないだろ」

「領収書だ」

「ほんとかよ。じょうだんだろ」

「外套《がいとう》の領収書だ。けさ、ジプシーの女にこれを書いてやっただろう。女は外套を質《しち》に入れて、五シリング借りた」

「ああ。だけど、それがどうしたんだ」クートはふんぞり返っていった。話がどんどん先に進んでいくので、どういうことなのかよく飲みこめない。

「外套《がいとう》は女の物じゃなかったんだ」

「盗品《とうひん》かい？　ひどいねえ。それはお気の毒に。ジプシーってのはこれだからなあ！　それじゃ、おやすみ！」

「あれは、わたしの外套《がいとう》だ。洗濯《せんたく》に出したのを盗《ぬす》まれたんだ。証拠《しょうこ》もある。えりの裏に聖書の言葉が書いてあったはずだ。『わたしをあがなう方は生きておられる』とな。わたしが、そのあがなう者だよ。外套をもらいに来た。返してくれ。さもないと、判事を呼んで、きみの店と帳簿《ちょうぼ》を調べさせるぞ。法律にもそう定めてあるはずだ。さあ、外套を取ってこい」

そばに立っているジェレマイアが、わなわなとふるえだした。まっ青な顔をして泣いているのが、見なくてもわかる。ジェレマイアってのは、すぐ泣くんだ。

だが、このクート様はそんなやわなやつとはちがう。こっちは四週間先輩《せんぱい》なんだ。時間をかせぐ、それだ。いやなことはのばせるだけ先にのばす。そうすれば、結局はいやな目にあわなくてもすむかもしれないんだ。心の準備もできてないのに、いやなことに立ちむかうなんて、ばかげてる。すっとやり過ごしてしまうのが一番なのだ……。

そこでクートはその見知らぬ男にこんなふうに説明した。ただ今その問題の外套《がいとう》は、店の倉庫に保管してあるのです。ところが残念なことに、倉庫はここからかなりはなれているのです。お客様としてはお困りでしょうが、これはどうしようもありません。そのような次第《しだい》ですから、今夜はお引き取り願えませんか。一両日のうちに、必ずや外套を取りだしてまいりますから。どうか、当方《とうほう》の誠意をおくみとりください。そういったのだ。

クートがいったい何を考えていたのかはわからない。時間さえかせげば、目がさめたら消えてしまう怖《こわ》い夢のように、この男も消えてしまうとでも思っていたのだろうか。

「今すぐ返せといってるんだ」男は夢のように簡単《かんたん》には消えてくれなかった。「返せないんだったら、外套《がいとう》の代金をはらってくれ。十ポンドだ。外套か、十ポンドか、どっちもだめだというのなら訴《うった》える」

そのときジェレマイアが口を開いた。ジェレマイアの声は、夜の街に嘆《なげ》きの歌のようにひびきわたった。

「クーティ、十ポンドはらいなよ！　たのむから十ポンドはらってやりなよ！」

ジェレマイアは思っていた。やっぱりこんなことになってしまった。よほど運が悪くなけりゃ見つかりっこない、なんてクートはいってたけど、このざまだ。もうこれでおれたちはおしまいだ。

「十ポンドなんて大金《たいきん》どこにあるんだよ」クートはむき直ってどなった。ジェレマイアはおいおい泣きながら、数歩さがった。

「わかんない。わかんないよ」

「ちょっと失礼」クートは、二人のやり取りをながめていた男に断った。「ちょっと同僚《どうりよう》と相談がありますので」

それからジェレマイアをわきのほうに引っぱっていった。

「大きい声出すんじゃないよ！」

「それなら、十ポンドはらうかい」

「だめだ。おまえ、外套《がいとう》を返せよ」

「でも、外套をかたにして親方の金を六ポンドも引き出してるんだよ。外套がなかったら、どうして六ポンド足りないのか、説明できないじゃないか。ロング親方はあさって帰ってくるってのに」

「トンプソン親方もだ。だけど、十ポンドよりは六ポンドのほうが用意しやすいだろう?」

「でも、その金を用意するのはおれじゃないか! クーティ、おれ一人にやらせるつもりなんだな」

クートはジェレマイアの肩《かた》に手を置いた。でも、そうやって相手を安心させてやろうというよりは、自分の体を支えているみたいだった。

「なあジェリー、おれたちは切っても切れないあいだがらじゃないか。なんとかなるよ。きっといい方法がある。よっぽど運が悪くなけりゃ、何か方法が見つかるさ。だから、たのむよジェリー、あいつに外套《がいとう》を返してやれって」

「それじゃ、金を作るの手伝ってくれるんだね」

「ちかうよ。母さんのお墓にかけてな」クートは母親がまだ生きているのをすっかり忘れていた。それから客のところにもどった。

「ご迷惑《めいわく》をおかけし、申しわけありませんでした」冷たくいった。「ですが、あの外套《がいとう》は何も知らずにあずかったのです。盗品《とうひん》だとは知りませんでした。ですが、事情が事情ですから、お客様のお品は特別に手数料なしでお返しします。わたくしと、わたくしの同僚《どうりょう》が――」

「早くしろ！」男はクートの言葉をさえぎった。「ぐずぐずしてると、判事を呼びにいくぞ！」

「もしあんたが、そんなのっぽじゃなかったら」クートは毒づいた。「その鼻っつらに一発くらわせてやるところだよ！」


「六ポンドも！」ジェレマイアが泣いた。「どうやって用意するんだよ、そんなお金」

二人は、外套《がいとう》を男に返したあともヘンリエッタ通りのロングさんの店にいた。

「ジェリー、心配するなって。おれがどうにかするよ。今まで一度も裏切ったことなんかなかっただろ？」

「裏切るチャンスがなかっただけさ」

「おい、それが友だちにむかっていう言葉かよ。とにかく、おれがちゃんとやるよ」

「ああ、そうしたほうがいいな。そのほうが身のためだもんな」

「どういう意味だ、それは？」

「もしおれがブタ箱行きになったら、おまえもいっしょだってことさ。ほかにもいろいろあるだろ、今度のことだけじゃなくって。だから、もしおれが今度のことでつかまったら、おまえもほかのことでつかまるんだ。絶対に道連れにしてやるからな。おまえ、いつもいってるだろ、二人は切っても切れないあいだがらだって」

「ジェリー、ひどいこというじゃないか。いつも自分はなんにもしないで、おれがあれこれ考えてかせいだ金を使うだけのくせに。でも、別にいいさ、そんなことは。なにしろ、おまえはおれより若いんだからな。だけど、考えてみてくれよ。あのな、道連れにするなんていってるけど、二人ともつかまったって、何もいいことなんかないだろ？　どっちか一人がまんすればいいのにさ。もう一人は外でがんばって、相棒《あいぼう》が刑務所《けいむしょ》から出てきたとき、いろいろ助けてやればいいじゃないか」

「わかった。そんなら、おまえが罪を全部かぶるといい。刑務所《けいむしょ》から出てきたら、おれがめんどうみてやるから」

「もっともな話だ。だけど、今度の場合、足りないのはおまえの店の金なんだぜ。おれの店の金じゃないんだ。そうじゃなかったら、刑務所《けいむしょ》にだってどこにだって喜んで行くんだけど」

ジェレマイアはまた泣きだした。ところが泣いてもきき目がないとわかると、今度はかんかんになって怒《おこ》りだした。そしてクートに、おまえなんか信用できない、とはっきりと言いわたした。そして、おまえのせいでこんなことになったんだから、おまえがなんとかするんだ、さもないと道連れだ、といった。

それでようやく、クートにも相手がどういうつもりなのかが飲みこめてきた。ジェレマイアのやつはこっちの友情につけこんでるんだ。こいつには、仕事と遊びを分けるってことがわかってない。

「そうかい」クートはいまいましそうにいった。「そういうことなら、二人でなんとかして六ポンド作ろうぜ。それに、トンプソン親方のとこから引き出した五シリングもだ」

「あさってまでにだぞ」またずるずると引きのばすんじゃないかと心配して、ジェレマイアが口をはさんだ。

「六ポンドなんてのは、たいした金じゃない」クートは無視してしゃべり続けた。「だが、作るとなると方法は二つしかない。借りるか――それとも、盗《ぬす》むかだ」

「おれはいやだぜ」とっさにジェレマイアがいった。自分に盗みをやらせようとしていると感じたのだ。「見つかったら、しばり首になっちまう」

「わかったよ。危険が大きいから盗《ぬす》みはやめだ。だけど――」

「盗みをするんだったら、自分一人でやれよ」

「いったろ、盗みはやめだって。そうすると、あとは借りるしかない」

「だけど、おれたちに六ポンドも貸してくれる人なんていないだろ？」

「そうだな。どうだろ、いつものように店の質物《しちもつ》をあずけあって金を借りあうっていうのは」

「やだよ、それは、もう。見つかるに決まってる」

クートはため息をついて、慎重《しんちょう》すぎる相棒《あいぼう》をつくづくとながめた。すると、ジェレマイアが持っているワイン飲みがふと目にとまった。

「わかったよ」ゆっくりといった。「じゃあ、おまえのことはこれまでいろいろめんどう見てやったんだから、ここらへんで一つお返しをしてもらうぜ。そのジョッキを質入《しちい》れしたらどうだい？」

ジェレマイアはまたしても泣きだした。目から涙《なみだ》がぼろぼろこぼれる。クートはばかにしたような顔をして、相手が泣きやむのを待った。

「クーティ、おまえってやつは最低だよ」やがてジェレマイアがしゃくりあげながらいった。

「勝手に持っていけよ。そして六ポンドよこせよ！」

「六ポンド？　残念ですが、この品は――」ついいつものくせが出てしまった。あわてて言いなおした。「ジェリー、そんなにふっかけるなよ。六ポンドも出せないのわかってるだろ？

トンプソンのじいさんは帰ってくると、帳簿《ちょうぼ》をすみからすみまで調べるんだぜ。古い銀メッキのカップに六ポンドも貸したなんて知ったら、あわふいて怒《おこ》るよ。しかもそのカップ、きずだらけじゃないか」

「メッキなんかじゃない！　本物の純銀だよ！　おれはメッキのカップなんかで洗礼《せんれい》を受けたんじゃない！」

「へたなうそつくなよ、ジェリー。見ろよ。あっちこっちメッキがはがれて、下の銅が赤んぼうのおしりみたいに丸見えじゃないか。せいぜい二ポンドだよ、そんな物は。純銀が聞いてあきれらあ！」

「うそついてるのはそっちだ！　おい、せめて四ポンドぐらい出せよ」

「だめだよ、ジェリー。うちの店ではそんなに出せないよ。だけど、いいかい、二ポンド十シリングにしてやるから、そしたらあと三ポンド十シリング集めるだけでいいだろう？　どうだい、この気前のよさは。これが友情ってもんだぜ」

「友情なもんか。詐欺《さぎ》だよ。クーティ、金が全部そろうまでここを出ていかせないからな。もし出ていったりしたら、道連れだぞ。よおし、じゃあ、今度はおまえの時計を出せよ」

「時計だって？」クートはびっくりした。「だけど、これは大切な時計なんだぜ。だめだ……

だめだよ」

「なら、いっしょにブタ箱行きだ」

「ジェリー、おまえって、ずいぶんひどいことというんだな。なんて意地の悪いやつなんだ。こんなやつだとは知らなかったよ」

「いいから時計出せよ、クーティ。早く。ちょっと見てみようじゃないか」

クートはだまってポケットから銀時計を取り出した。

「この時計は、じゅ、十五ポンドはするんだ」われながら情けない声だった。「ジェリー、これを質入《しちい》れするなんてもったいないよ」

「いいから、こっちによこせよ」

クートはだいじなだいじな銀時計を鎖《くさり》からはずすと、カウンターの上に置いた。ジェレマイアはすぐに念入りに調べはじめた。

「十五ポンドだって？　よしてくれよ。もしそんな言葉にだまされて金を貸したら、罰《ばっ》としてロングのじいさんに一生ただ働きをさせられちまう」クートと同じくジェレマイアも、帰ってきた親方に帳簿《ちょうぼ》を検査されるのをひどく怖《こわ》がっていたのだ。それに、さっきの仕返しもしてやりたかった。

「これだったら、大まけにまけても二ポンドだよ」

「二ポンドだって？　このしみったれのケチんぼ！」クートはカウンターをバンバンたたいた。時計がびっくりしたように飛びあがる。ジェレマイアはうでを組んだ。

「第一これは銀じゃないよ。ただの合金のシロメだ。それに、さっき落っことしてから止まったままじゃないか。それにきずだらけだし、あちこちへこんでる。こんな時計より、そっちにぶら下がってる鎖《くさり》のほうが値打ちがあるくらいだよ」

「その時計は父さんにもらったんだぞ！」クートは食ってかかった。「おまえを助けるためじゃなかったら、質《しち》になんか絶対入れないんだ！　じゃ、いい。十二ポンドでいいから、さっさとよこせ！」

「二ポンド十シリングにしてやるよ」ジェレマイアは冷たくいった。「さっきのおれのと同じ金額だ」

「この、うすぎたない、しみったれの、ケチんぼやろう！」クートはわめき散らしながら、時計を取り返そうとした。「こんなにばかにされるんだったら、ブタ箱でくさっちまったほうがましだ。なあ、ジェリー、いいかげんにして、九ポンドで手を打とうじゃないか。たのむよ、ジェリー。父さんの時計なんだぜ。だいじな時計なんだ。おれの――おれの、たった一つの財産なんだよ！」

「二ポンド十シリングだ。もちろん、保管料は引くよ」

「そんなに値切《ねぎ》って、おまえ、自分の首しめてるんだぞ。自分が困るだけだぞ」

「おまえだって困るさ、クーティ」ジェレマイアはさも満足そうにいい返した。

「あと一ポンド五シリングはどうするつもりだ」

「おまえのチョッキと、おれの新品の上着で半分ずつ借りる。それでおあいこさ」

「なあ、わかんないのか、その上着なんか、せいぜい二シリングだぜ。一番いい靴《くつ》もつけてよこせよ」

「いやなやつだな、おまえって」

「おまえこそ。ジェリー、おれはおまえなんか最初っからきらいだったんだ」

この恐《おそ》ろしい言葉が発せられたあと、二人はしばらくだまりこんだ。

「でも、いい勉強になったよ」しばらくしてジェレマイアが口を開いた。どうやったらクートをへこましてやれるか、もっと強烈《きょうれつ》な言葉を考えていたのだ。「ああ、まったくさ。これでおまえがどういう人間かわかったものな。おれとしては文句ないよ、おまえの本性《ほんしょう》がはっきりと見ぬけたんだから。あぶないとこだったよ。もう少しで、おれもおまえみたいな人間になっちゃうとこだったんだもんな」

「それは、こっちのいうことだ」クートも相手に負けまいと毒づいた。「おれなんか、今度の二倍ぐらい犠牲《ぎせい》をはらったっておしくないぜ。おまえの本性を見ぬくためだったらな。ひどいもんだ。むかつくぜ。ジェリー、おまえみたいのを人間のクズっていうんだ。手おくれにならないうちにわかって、ほんとによかったぜ」

ジェレマイアはとっさにいい悪口が思いつかなかったので、店のドアを開け、出ていくよう態度で示した。二人は鼻息を荒《あら》くして戸口でにらみあった。クートはジェレマイアの顔に一発くらわせてやろうかと思った。しかし、思い直して頭をふった。『主《しゅ》がいわれる。復讐《ふくしゅう》はわたしのすることである。わたしが報いをする』という聖書の言葉を思い出したのだ。クートは神様のいる空を見あげた。すると、質屋《しちや》の三つの玉がちょうどジェレマイアのま上にぶら下がっているのが目にとまった。ほら、神様！　復讐しなよ！　とクートは心のなかで催促《さいそく》した。けれども重い真鍮《しんちゅう》の玉は、ぴくりともしなかった。

「いいか、おまえんとこの客を、もうこっちに回してよこしたりするなよ」ジェレマイアはようやく別のことを思いついて、難癖《なんくせ》をつけた。「もしそんなことしたら、おまえがどれほどケチだか客に教えてやるからな。おまえの本性《ほんしょう》をたっぷりと教えてやる。そして、おまえから回ってきた客には、むこうの望みどおりの金を貸してやるさ」

「おれはもっと貸してやる！」クートは息まいた。「おまえの根性《こんじょう》の悪さを暴《あば》くためにな。ジェリー、おまえんとこになんか、犬コロ一ぴきだって回してやらないぜ！」

「もし今度あのジプシーの女に会ったら」グサリときたジェレマイアがやり返した。「両手と両ひざをついて、感謝するよ。真実を知らせてくれてありがとう、って」

「おまえ、忘れてるんじゃないか」クートが見くだすようにいった。「あのジプシーはおれんとこの店にやってきたんだぜ。だから選ばれたのはこのおれなんだ。つまり、あがなわれたのはこのおれさ。わかるか、救われたのはこのおれってことだよ！」

ジェレマイアは深く息を吸いこむと、吐《は》き捨てるようにいった。

「けっ！　あがなうって言葉の意味も知らないくせに」


クートはゆっくりと自分の店にもどっていった。どこかの教会で、時計が十二時を打ちはじめた。元日ももう終わろうとしている。何げなく自分の時計で時間をたしかめようとした。が、時計はなかった。チョッキもない。クートは急に寒さが身にしみ、ブルブルッとふるえた。

また雪が降りはじめていた。街灯のかすかな光に照らされながら、ちらちらとまいおりてくる。雪は少しずつ積もっていき、黒い傷のようなわだちやくぼみはうもれていった。そしてじきに、帳簿《ちょうぼ》から数字を消したみたいにわからなくなってしまった。

ドルアリー通りに着くころには、雪はうずを巻くようにして降っていた。クートも地面と同じようにもうまっ白になっていた。降りかかってくる雪が目に入り、痛くてよく先が見えない。

その時だった、まぼろしを見たのは。そうとう酔《よ》っぱらっていたし、いろんなことがあってくたくただったので、まぼろしを見たとしても無理はなかった。それは、幼子《おさなご》イエスをだいた聖家族《せいかぞく》のまぼろしだった。

そのまぼろしは雪のなかから現れた。荷を積んだロバ、にこやかな母親、そしてそのそばを背の高い聖者《せいじゃ》のような男が歩いている。まぼろしが近づいてくるのを見て、クートは十字を切った。

「リンゴはいかが！」という声が聞こえた。あのジプシーの女だった。「甘《あま》いケントのリンゴ。幸せを呼ぶリンゴだよ」

「おめでとう！　新年おめでとう！」と聖者のような男がいった。

男はさっきの客だった。大きなカギ鼻。そして、なんと、あの運命の黒い外套《がいとう》を着ている！

二人はぐるだったんだ！　だまされたんだ！　はめられたんだ！　こいつらに身ぐるみはが

れてしまった！　泥棒《どろぼう》！　ろくでなし！　ペテン師！　詐欺師《さぎし》！　こいつらはみんなぐるだったんだ……赤んぼうも、ロバも！

クートは棒のようにつっ立っていた。それから、怒《いか》りのあまりぶるぶるふるえはじめた。ふるえながら、ジプシーの親子がそばを通りすぎ、うずまく雪のカーテンのむこうに夢のように消えていくのを、どうすることもできずに見送った。

やがてようやく自分を取りもどしたクートは、物思いにしずんだ。

「これでよかったのかもしれないな」とつぶやいた。「結局これでよかったのかもしれないんだ」

クートはズキンズキン痛む頭に悩《なや》まされながら、ふるえる手でトンプソン質店《しちてん》のカギをはずし、なかに入った。

入ると、カウンターに寄りかかり、正面のだれもいない暗闇《くらやみ》を見つめた。そこはクートが毎日を送っている大切な仕事場だった。

「もしも、客が魂《たましい》を質《しち》に入れたいっていったら」親方のじょうだんを思い出してささやいてみた。「ロングさんの店に行けっていってやれ、か。でも、もし客が魂を引き出しに来たら？」

クートはさびしそうにほほ笑《え》んだ。

玄関《げんかん》にもどって、ドアを開けてみた。そして表をのぞいた。ジプシーの家族はとうに行ってしまったけれども、降りしきる白い雪にその姿が映っているような気がした。クートはあの親子連れがどんな顔をしていたか思い出そうとした――男の顔、女の顔、そして小さな赤んぼうの顔。でも、ぼんやりとしかうかんでこなかった。それは、雪にうもれた足跡《あしあと》のようにはかなかった。ただ、リンゴと香料《こうりょう》のにおいだけがかすかに残っていた。

「魂《たましい》を引き出すんだったら、ヘンリエッタ通りに行ってみるといいよ」クートは夜の闇《やみ》にむかってそっとささやいた。「そこで働いているジェレマイア・スナイプくんにたのんでみるといい。ぼくの友だちのね」

バレンタイン

リトル・ナイトライダー通りのジェソップ＝ポターフィールドの店からそう遠くないところに、セント・マーチン教会の墓地がある。この墓地には悪ガキどもが出没《しゅつぼつ》する。お墓にそなえてある花輪をかたっぱしから盗《ぬす》んで、葬儀屋《そうぎや》に売りに行こうというのだ。なんてひどい、ばちあたりなことをするのだろう！　でも子どもたちにしてみれば、死者たちが安らかにねむっているあいだにも、なんとか生きていかなければならないという切実な問題があるのだ。

あるよく晴れた二月の寒い朝、三人のやせこけた子どもが、墓石のあいだをまるで見習い幽《ゆう》霊《れい》みたいにちょろちょろ動きまわっていた。実はその日はバレンタイン・デーだったのだけれども、そんなことは三人とも知らなかった。

「おい——おい、みんな、気をつけろ！　だれか来るぞ！」

三人はたちまち墓石のかげにかくれ、寒さにガチガチ歯を鳴らしながら、凍《こお》りついた草のなかにしゃがみこんだ。芝生《しばふ》のむこうから、まっ黒い服に身を包んだ女がゆらゆらと近づいてきた。子どもたちはふるえはじめた。だれなんだろう？　魔女《まじょ》？　精霊《せいれい》？　それとも幽霊《ゆうれい》？

前にも見たことのある女だった。この墓地でよく見かける女だ。ニワトコの木の下のお墓が目当てらしく、しょっちゅうやってくる。たしか、毎年バレンタイン・デーになると、キヅタと野生のニンニクで編んだ花輪を持ってくるといううわさだった。

女はうわさどおり花輪を持っていた。それを見て、子どもたちの目はいっせいにかがやいた。女はしっかりとベールをかぶっているので、顔はわからない。でも、ときどき目がキラリと光るのが見えた。女はどんどん近づいてくると、お墓の前で足をとめた。そして、頭の上に枝をのばしているニワトコの木をちらりと見あげ、それから手入れの行き届いたお墓に目をやった。そしてすばやくひざまずくと、花輪を墓石に寄せかけるようにして置いた。

「早く行っちまえよ」かくれて様子を見ていた子どもたちが、寒さにしびれを切らしてブツいった。「もういいだろ。さっさと行けよ」

しかし黒ずくめの女は、ひざまずいたままなかなか動こうとしなかった。まるで、自分も石になって、そのまま永遠にお墓のそばにいようとしているみたいだった。じっとして動かない。ベールがかすかにゆれているので、息をしているのがようやくわかるほどだ。芝生《しばふ》の下でねむっている相手にむかって、何ごとかをささやいているようだった。

ようやく女は立ちあがると、来たときと同じようにゆらゆらと墓地を出ていった。タンポポの綿毛《わたげ》のように軽《かろ》やかな足取り。音一つしなかった。花輪はお墓にそなえてある。

「早く!」

「見てたらどうする?」

「だれが?」

「お墓のなかのやつが」

「ばか!」

「ほら! 芝生《しばふ》の草が動いたぜ!」

「風だよ」

「だけど、もし、やつが寝返《ねがえ》りをうったんだったら、どうする?」

「わかったよ。おいらがきいてやるよ。ねえ、ちょっと、下の人。いま寝返りうったんですか」

三人の悪ガキどもは息をつめた。一人が地面に耳をあてた。でも、返事はなかった。

「おいらたちのこと、悪く思わないでくださいよ。べつにうらみがあるわけじゃないんだからね。生きるためにやっているだけなんだから」

そこから二メートル下の土のなかでは、十六歳《さい》のときにこの世を去ったオーランド・ブラウンがねむっていた。愛のあかしの花輪が盗《ぬす》まれようとしている。でも、肉がくちはて、骨だけになってしまったオーランド・ブラウンはだまっているしかなかった。

オーランド・ブラウンがそのお墓にほうむられたのは、今からちょうど五年前のバレンタイン・デーのことだ。葬式《そうしき》をあつかったのは、ジェソップ＝ポターフィールド葬儀店《そうぎてん》だった。趣《しゅ》味《み》のいいりっぱな葬式だった。商売敵《がたき》のアルフレッド・トッドの店がやったのでは、とてもあはいかなかった。もっとも、運のいいことに、そのころのトッド葬儀店では、あの見習いのホーキンズはまだ働いていなかったのだけれども。

ホーキンズというのは、ぱっとしない、やせこけた少年だった。仕事熱心で、この商売で一人前になって、立派に生きていこうとがんばっている(生きていくというのは、葬儀屋《そうぎや》という仕事を考えるとちょっとこっけいなのだが)。ところが、あまり商売熱心なので、ホーキンズはみんなからばかにされていた――ばかにされ、そしてけぎらいされていた。

育ちざかりのホーキンズの体は、まるで肥料の足りないセロリみたいに手足ばかりがひょろひょろとのびた。おかげで、商売用の黒服はすぐに短くなってしまった。つんつるてんの黒い服を着て、街角《まちかど》にのうっと立っていたり、人の話を立ち聞きしたり、医者や産婆《さんば》のあとからついていったりする。そんな姿を見ると、だれもがぞっとした。黒服を着た葬儀屋《そうぎや》の見習いが現れただけで、人々は不安になった。とくに年寄りや、病人はそうだった。ホーキンズは、いってみれば街なかの落穂拾《おちぼひろ》いのようなものだったのだ。死神《しにがみ》がやってきて、人々の命を麦の穂《ほ》のようにかり取る。そしてホーキンズが、そのおこぼれにあずかるというわけだった。

だれかが死ぬと、たちまちホーキンズはその家のドアをノックし、ひどくていねいな低い声でこういった。「このたびは、まことにご愁傷《しゅうしょう》さまでございます。つきましては、ご葬儀《そうぎ》の件は、なにとぞトッド葬儀店におまかせいただけませんでしょうか」人々はうんざりした。いくら商売のためとはいえ、こんなに卑屈《ひくつ》になるなんて、と。

ジェソップ＝ポターフィールド葬儀店《そうぎてん》の、美しい一人娘《むすめ》ミス・ジェソップも同じように感じていた。ホーキンズなんて大きらい。あんないやらしいやつはいないわ。夢見るような目なんかして、詩人みたいな長い指をしてるくせに、がさつで、でしゃばりで、遠慮《えんりょ》がないんだから。うちのお客まで横取りしてしまって、どういうつもりなの？　第一あの指だって、死体を洗う防腐剤《ぼうふざい》でつめがいつもまっ黒に染《そ》まってるじゃないの。

いったいトッド葬儀店《そうぎてん》の親方がどこでホーキンズを見つけてきたのかは、だれも知らなかった。きっとどこかのゴミためからでも拾ってきたのだろう、とみんなは思っていた。ところがやとってみると、ホーキンズは大変な働き者だったのだ。異常なほどだった。店のために骨身《ほねみ》をけずって働いた(なるほど、骨身をけずっているせいか、ホーキンズはガリガリにやせていた)。店の前のうすよごれた馬車回しをごしごしとモップでこすり、死んだお客の体を洗ってやり、べろんべろんに酔《よ》っぱらった棺桶屋《かんおけや》のために使い走りをしてやり、霊柩《れいきゅう》馬車のランプをきれいにみがき、そして式には、黒ずくめで決めてけっしておくれることなく出席した。ホーキンズははじめのうち、式ではろうそく持ちをやっていた。けれども、じきに体が大きくなりすぎてしまったので、ひつぎを担《かつ》ぐほうにまわされた。ひつぎの下からのぞく細長い脚《あし》を見ただけで、人々はホーキンズがかついでいるのがわかった。

「あの子はうちの店の宝だよ」トッド親方はジェソップ親方にじまんした。「いいかね、ホーキンズはきっと大物《おおもの》になるよ。あの張り切りようを見るがいい!」

実際ホーキンズは張り切っていた。張り切りすぎて、リトル・ナイトライダー通りのほうまで出かけていって、ジェソップ゠ポターフィールド葬儀店《そうぎてん》の仕事をうばい取ってしまったほどだった。時々ミス・ジェソップは、もしもあす急に父さんや母さんが死んでしまったら、一時間もたたないうちにホーキンズが玄関《げんかん》にやってきて、こういうんじゃないかしら、と不安になった。「このたびはまことにご愁傷《しゅうしょう》さまでございます。つきましては、ご葬儀の件はなにとぞトッド葬儀店におまかせいただけませんでしょうか」と。

　そんな想像が頭にうかぶと、腹が立って大声をあげそうになった。何よりもがまんならないのは、世間の人たちが、ホーキンズのやつの「まことにご愁傷《しゅうしょう》さま」なんて言葉にだまされていることだった。ホーキンズに言葉をかけられると、たいていの人はつい泣くのをやめ、何げなしにうなずいてしまう。そして何もかもトッド葬儀店《そうぎてん》にまかせてしまうのだ。ほかにもっといい店があるのでは、なんて考えてみもしない。残念なことに、愛する者を失って悲しんでいる人たちは、知り合いや近所の人に「一番いい葬儀屋はどこだね」などときいたりはしないのだ。

　かといって、前のお客様に自分の店を紹介《しょうかい》してもらうこともできない。葬儀店《そうぎてん》は、肉屋や小間物屋《こまものや》とはちがい、お得意さまと末長くつきあうわけにはいかないのだから。ふつう、人が死んでお墓にうめられるのはたった一回きり。だから、あそこの葬儀屋のサービスはよかったとか、あそこはひどかった、などと死んだ人が意見を述べてくれることもない。

　そんなわけで、それにまたホーキンズの遠慮《えんりょ》のないやり方のおかげで、その地区の葬式《そうしき》の九十パーセントはトッド葬儀店に取られてしまった。ひかえめでつつしみ深いジェソップ＝ポターフィールド葬儀店は、さびれるばかりだった。

こうして、むかしは裕福《ゆうふく》だったジェソップ家は、いやでも倹約《けんやく》をしなければならなくなった。召使《めしつか》いにも暇《ひま》を出した。ミス・ジェソップも、音楽や、絵や、刺繡《ししゅう》や、フランス語などの習いごとをやめた。そのうち、とうとう注文取りの少年にまで暇を出さなければならなくなった。これには、ミス・ジェソップもすごくがっかりした。少年は、きっと手紙を書きますと約束してくれたのだけれども、とうとう手紙は一通も来なかった。そのかわり、少年はこれまで自分がやっていた仕事を残していった。つまり、人がなげき悲しんでいるところにズカズカ入りこんでいって、商売の注文を取るというのがそれだ。そのいやな仕事を今度はミス・ジェソップがやることになったのだ。

ミス・ジェソップは父親の黒い服に身を包み、病人がいる家の外で来る日も来る日も待つようになった。そうして、病人が亡くなって病室にブラインドが下ろされるのは今か今かと思いながら、窓をながめた。でも育ちがいいミス・ジェソップには、不幸があった家をすぐさまタイミングよく訪ねるなどということはできなかった。生まれの卑《いや》しいホーキンズのようにはいかないのだ。だから、どうしても、こんなことをいわれてがっかりすることが多かった。「すまないねえ。もうたのんでしまったんだよ。トッド葬儀店《そうぎてん》にね」

そんなとき、ミス・ジェソップは「ほ、ほんとうにご愁傷《しゅうしょう》さまです」と気の毒そうにつぶやいた。そのいい方は、相手の不幸よりも、相手がトッド葬儀店《そうぎてん》にたのんだことを悲しんでいるようだった。それからにげるように去った。すると、たいてい、そのあとを同情の声が追った。

「きれいな娘《むすめ》さんだったねえ。かわいそうに、あんなきれいな子が葬儀屋だなんて！」

そう、墓地に出没《しゅつぼつ》するあの黒ずくめの女は、葬儀屋《そうぎや》の娘《むすめ》だったのだ。黒服を着たミス・ジェソップはことのほか美しかったけれど、いいなずけも恋人《こいびと》もいなかった。こんな商売をしていると、せっかくの美しい花も、人目につかないままさしぼんで散ってしまうことが多い。葬儀屋のつきあいはすごく限られている。棺桶屋《かんおけや》が一人か二人、運の悪い医者、寺男《てらおとこ》、それに墓石彫《ほ》りのじいさん、せいぜいそんなところだ。そんなわけで、美しいミス・ジェソップは一人ぼっちだった。そして一人ぼっちのミス・ジェソップは、とてつもなく奇妙《きみょう》な夢をいだいて、涙《なみだ》に暮れていたのだ。

「『ああ、死よ、おまえのとげはどこにあるの？』」ミス・ジェソップは夜《よ》な夜な聖書の言葉をささやいては、枕《まくら》を涙でぬらした。「『おお、墓よ、おまえの勝利はどこにあるの？』」

それから涙《なみだ》をぬぐい、痛む胸のなかで答えをつぶやいた。「セント・マーチン教会墓地にあるんだわ。ニワトコの木の下に」

ミス・ジェソップはオーランド・ブラウンに恋《こい》をしていたのだ。オーランド・ブラウンは、ある年の二月十三日に父さんの店に入ってきて翌日のバレンタイン・デーに出ていき、それっきり二度と帰ってこなかった。

そのころのジェソップ家は豊かで、商売も繁盛《はんじょう》していた。もちろん、あのホーキンズはまだ登場していなかった。当時十一歳《さい》のミス・ジェソップは手がつけられないわがままで、感激屋で、気分屋で、家族とはけんかばかりしていた。

その日も、ちょうどお母さんと大げんかをしたあとだった。ごめんなさいをいうまで、罰《ばつ》として夕食ぬきで部屋に閉じこめられていた。ところが、そのうちおなかがすいてきて、とてもがまんができなくなってしまった。そこで、お父さんにしかられるのを覚悟《かくご》で、こっそりと部屋をぬけだし、玄関《げんかん》わきの広間にしのびこんだ。ふだんは、こんな薄気味《うすきみ》悪いところには絶対入らないことにしていたのだけれど、しかたがなかった。

広間には、マホガニーのサイドテーブルの上に大きなろうそく立てが置いてあり、窓には黒いビロードのカーテンが下がっていた。ここは、いろいろな都合があって自分の家に遺体《いたい》を置いておけない人々が、霊安室《れいあんしつ》として使っていた。たとえば、店にひっきりなしにお客が出入りする、いそがしい商人などはよくここを利用する。そこで夜になると、黒くて長い荷馬車が不幸のあった家をたずねていき、遺体を積んでもどってくることがよくあった。ミス・ジェソップもその荷馬車を何度か見たことがある。荷馬車はいつもいやなにおいがした。お通夜《つや》に来た人たちがおなかがすくといけないというので、広間にはよくビスケットやぶどう酒が置いてあった。ミス・ジェソップは、そのビスケットとぶどう酒をねらっていたのだ。

体をかたくし、両手をにぎりしめ、ドアをおした。部屋の中は、ろうそくが赤々と燃えていた。サイドテーブルの金属の皿に、小さな黒い紙に包まれたハチミツ入りのケーキが置いてあった。ほっとした。うれしかった。でも、部屋のまんなかの台の上には、ひつぎもある。

開けたドアから風がふきこんできて、ろうそくの炎《ほのお》がゆれた。部屋のなかの物がゆらゆらと動いて見えた。ミス・ジェソップはひつぎから目をそむけ、サイドテーブルだけを見ようとした。でも、無理だった。どうしても視界のかたすみに見えてしまう。ひつぎのふたが開いていて、なかに人がいるのが。

いけないことをしているという気持ちがあるせいだろうか、急にたまらなく怖《こわ》くなり、足をとめた。それからサイドテーブルとケーキの位置をしっかりと見定めると、ぎゅっと目をつぶった。そして手さぐりで進みはじめた。

じきに体がサイドテーブルにふれるのがわかった。ほっと息をついた。身を乗り出して手をのばし、指先で冷たい金属の皿を探った。どこかな？　そう思いながらゆっくりと手を下にさげた。ああ、あった！　冷たい……すごく冷たい。

目を開けてみた。すると、そのままもう閉じられなくなってしまった。

サイドテーブルじゃなかったのだ。皿にさわっていたのでもなかった。ひつぎに体をおしつけ、蠟《ろう》のように白いオーランド・ブラウンの指にさわっていたのだ！

ちらちらゆれるろうそくのいたずらで、オーランド・ブラウンの閉じたまぶたと灰色の唇《くちびる》が動いているように見えた。死人がほほ笑《え》んでいる。

ミス・ジェソップはきゃっと悲鳴をあげ、手を引っこめた。そして、ハチミツ入りのケーキのことも、ほかのことも全部忘れ、広間からにげだした。怖《こわ》くて気持ち悪くて、死にそうだった。

自分の部屋にもどると、ベッドに飛びこんだ。そして毛布にもぐりこみ、それこそ死んだようにじっとしていた。でも、むだだった。たとえ山ほどの毛布とシーツのあいだにもぐりこんだとしても、死んだオーランド・ブラウンの笑顔《えがお》を頭のなかから消し去ることはできなかった。オーランドはいつまでもほほ笑んでいた。やさしく、真剣《しんけん》に。

「いや、いや、いや！　消えてよ！」

指先にはまだあの冷たい感触《かんしょく》が残っていた。ミス・ジェソップはシーツに指をごしごしこすりつけた。そのうち、さっきは自分からさわったのじゃなく、相手に手をつかまれたのだ、という気がしてきた。放そうとしない死人の手をふりはらって、やっとにげてきたんだ、と思った。

ようやくねむりについた。しかし、オーランド・ブラウンは夢のなかまで追ってきた。夢のなかのオーランドはとても悲しそうな顔をしていた。まるで、置き去りにしてにげてきたのを責めているみたいだった。

「いや、いや、いやよ!」ミス・ジェソップは泣いてたのんだ。「お願い、もう消えて!」

しかし、若者は消えなかった。夜《よ》ごと夢に現れては、悲しげにそして真剣《しんけん》にほほ笑《え》み、だきしめようとするかのように、青白い両手を大きく広げてみせた。ところが、その様子がとてもやさしそうなので、そのうちミス・ジェソップはすっかり怖《こわ》さを忘れてしまったのである。そして一週間が過ぎるころには、自分でもどうしようもないほど激しい恋《こい》をしてしまった。女の子の胸に芽生えた恋のなかでも、これほど奇妙《きみょう》なものはなかった。それは、生きることもできない代わりに、変わることもなく、死ぬこともない恋だった。

オーランド・ブラウンの一周忌《しゅうき》には、ニワトコの木の下のお墓にたくさんのそなえ物がささげられた。そのなかに、キヅタの花と野生のニンニクの花でつくった花輪があった。花輪には黒枠《くろわく》のカードがそえてあり、ずいぶんへたな字で「バ、リ、ン、タ、イ、ン、の変、人、になってください」と書いてあった。

二年めになると、カードの字もだいぶうまくなり、まちがいもなくなっていた。というのも、ジェソップ＝ポターフィールド葬儀店《そうぎてん》はまだ繁盛《はんじょう》していたので、ミス・ジェソップにも家庭教師がついたからだった。

「バレンタインの恋人《こいびと》になってください」花輪のカードは、芝土《しばつち》の下でねむっている若者に切々《せつせつ》と訴《うった》えかけた。

ところで、アルフレッド・トッドの店にホーキンズがやとわれたのはその年のことだった。そしてたちまち、ジェソップ＝ポターフィールドのほうは店がかたむきはじめた。長いことおごそかな仕事をしてきたジェソップさんのいかめしい顔は、仕事が少なくなるにつれて、少しずつふやけたようになっていった。そして、これまでになく気難《きむずか》しくなった。とくに、いかにもいやいや仕事をしている自分の娘《むすめ》に口やかましくなった。が、ミス・ジェソップのほうは、自分が悪いんじゃないというふうに、つんとしてこういい返すのだった。「死んだのがあのホーキンズのやつだったら、わたしだって葬式《そうしき》でもなんでも喜んでやるわよ。でも、あんなやつには、ちゃんとしたお葬式やってやる価値がないのよ。庭師にでもうめてもらえばいいんだ！」
「もう部屋にさがりなさい！」
「パパ、わたしもう子どもじゃないのよ。部屋に行きたくなったら、自分で勝手に行くんだから」

ミス・ジェソップはその言葉どおりに勝手に部屋にさがった。部屋に帰れば、オーランド・ブラウンがいつも待っていてくれるのはわかっていた。ミス・ジェソップは十四歳《さい》になっていた。死んだオーランドの年齢《ねんれい》に追いつくのももうすぐだ。二人が初めて広間で奇妙《きみよう》な出会いをしたとき、オーランドのほうは落ち着いた感じの十六歳の若者だったのに、ミス・ジェソップは十一歳の何も知らない子どもだった。二人のあいだはあまりにもはなれていた。でも、今ではその差もだいぶつまってきて、もう少しで並ぼうとしている。

それを思うと、怖《こわ》いようなうれしいような気持ちになった。もし、あの人と同い年になったら、どんな感じがするのだろう。ミス・ジェソップは何かにつけて、そんなことを考えるようになった。わたしの恋《こい》は突然《とつぜん》おとなの愛に変わるのだろうか？　今までだって、毎年毎年だんだん愛は深まり、たしかなものになってきた。あの人がいると思うだけで、つらいことも忘れられた。あの人はいつまでもわたしを待っていてくれる。あの場所で。ほかのことは変わってしまうかもしれないけど、あの人だけは変わらないのよ。初めて会ったあの時と、少しも変わることはないの。あの人は……永遠なの。

ところで、永遠などという言葉はホーキンズにはまったく当てはまらなかった。ミス・ジェソップが十五歳《さい》になり、開こうとしているユリの花のように美しくなったころ、ホーキンズのほうは、まだ十七歳だというのにもう老《ふ》けこんでいた。まるで、枯葉《かれは》みたいだった。この調子では、あと一年か二年もたてば、老人になってしまいそうだった。それに比べてあの人はいつまでも十六歳、とミス・ジェソップは思った。ろうそくのようになめらかなあの肌《はだ》！　十六歳《さい》！　わたしも十六歳になるなんて信じられない。でも、まちがいなくなるのだわ。そのときが来たら、どんな感じがするのだろう？

そして、ついにその奇跡《きせき》の時はやってきた。十六歳になったのだ。あの人も十六歳――まだ十六歳。わたしが追いつくのを待っていてくれたのだ。時間をとめておいてくれたのだ。五年という長い廊下《ろうか》のつきあたりで、あのすきとおったきれいな手を広げて待っていてくれたんだわ。あの落ち着いたほほ笑《え》みをうかべ、幼いわたしがつまずいたりころんだりしながらかけよっていくのを、閉じたまぶたの下から見守っていてくれたんだわ。ミス・ジェソップは、墓地でひざや脚《あし》をすりむき、きたない包帯だらけだったころを思い出して、思わず赤くなった。

「バレンタインの恋人《こいびと》になってください」パパの名刺《めいし》の裏にそう心をこめて書くと、そのバレンタイン・カードをキヅタの花輪のまん中にピンでとめた。

よく晴れた二月十四日の寒い朝、ミス・ジェソップはセント・マーチン教会墓地へと急いだ。今までにない不思議な胸《むな》さわぎがする。きっと何かが起きる。でも、それが何かとなると、さっぱりわからなかった。自分の夢の生活がただの空想だということは、ミス・ジェソップもうすうすと感じてはいた。それでも、どこか体の深いところからもっと強い感情がわき起こってきて、どうしても胸がどきどきしてしまう。今日で何もかもが終わってしまうのかしら？　それとも、今日からはじまるのかしら？

冷静に頭で考えると、時の廊下《ろうか》で足をとめて待っているオーランドを、今度は自分のほうが追いこしてしまうのははっきりしていた。しかし、そんなはずはない、絶対にないわ、と心のほうが必死に叫《さけ》び続けていた。

墓地に着くころには、朝の太陽が家並みの上から顔を出していた。芝生《しばふ》には長い影《かげ》がのび、どの墓石も黒いリボンのような影を引きずっている。まるで、葬列《そうれつ》のたくさんのお供《とも》が、かぶっていた黒いぼうしを置き去りにしていったみたいだった。

ミス・ジェソップはおろしたての黒モスリンのベールをさげ、ためらいながらニワトコの下のお墓に近づいていった。墓地にはほかにだれもいない。けれども、ほうぼうの物陰《ものかげ》から見られているような気がしてならなかった。思わず足をとめて、勇気をふるい立たせた。この感じは、遠いむかしに広間のドアを開けた、あの時とそっくりだった。だれかに見られている。あの日と同じ目がわたしを見ているのかしら、この今日という特別な日に？

オーランド・ブラウンの墓に着くと、頭の上のニワトコの枝を見あげた。あの人の体から発散された不思議な命のようなものを、この木は吸いあげているのだろうか。このごつごつした幹にも、あの人の命は息づいているのだろうか。ふとそんな考えがうかんだ。

それからひざまずき、愛《いと》しい墓石に花輪をささげた。

「バレンタインの恋人《こいびと》になってください！」芝生《しばふ》にむかってささやいた。「ああ、愛《いと》しい人、あなたはこんなにも長いあいだ待っていてくださった。今日こそわたしをだきとめてください。お願いです！」

涙《なみだ》が目にあふれた。その一方で、冷静な気持ちが、あのにくらしいほど冷静な気持ちが頭のなかでこうささやいていた。このまま行ってしまうしかないのよ。オーランド・ブラウンのことは忘れてしまうしかないの。オーランドはここを動けないのよ。ニワトコの根が心臓にくいこんでいて、動けないの。今日からは、オーランドのことはいくら思ってみても、ただうしろをふり返るだけになってしまうのよ。そしてふり返るたびに、彼《かれ》は少しずつ小さくなり、やがて跡形《あとかた》もなく消えてしまうの。そしてやがて冷たい風がふいてきて、あなたの手足を凍《こお》らせ、花をふき散らし、十六歳《さい》のままのオーランドには見分けがつかないほど、あなたは歳《とし》をとってしまうのよ……。

ミス・ジェソップは立ちあがった。ずいぶんゆっくりしてしまった。もう店に帰らなくちゃいけない。日に日に貧しくなっていくあの家に。ますます気難《きむずか》しくなってきたパパのところに。それから、また靴屋街《くつやがい》に出かけなくちゃ。ノーズさんとこのおばあさんが死にかけているのだ。お医者に様子をきいて、召使《めしつか》いにたのみこんで、そしておばあさんの部屋の窓の下で待たなければならない……しかも、ホーキンズに先をこされないよう気をもみながら。

せめて名刺《めいし》ぐらい、相手にいやがられずに置いていけたらいいのに！　でも、それさえ許されないのだ。なんてひどい仕事なの、とミス・ジェソップは心のなかで叫《さけ》んだ。ふつうのやり方をしただけで、けぎらいされ、軽蔑《けいべつ》されるなんて。掃除夫《そうじふ》だって、煙突掃除《えんとつそうじ》だって、冬が来る前に堂々とやってきて、注文を取っていくというのに。でもわたしたち葬儀屋《そうぎや》は、たとえ一日でも早く注文をききにいったりしたら、まるで犬ころみたいにけとばされて追い出されてしまうんだ。

ミス・ジェソップはオーランド・ブラウンの墓をはなれ、静かに歩いていった。あい変わらずだれかに見られている感じがする。しかも、今ではその視線にはあこがれと悲しみがまじっている。それでもミス・ジェソップはふり返らなかった。冷たい理性の声が、ふり返ってはいけない、と告げているのだ。

とうとう墓地の門まできてしまった。でもこれだけ長いこと思い合ってきたのだから、最後の別れにもう一目だけでも、と思った。ほんのちょっと見るだけ。

ふり返った。次の瞬間《しゅんかん》、ミス・ジェソップの胸は高鳴り、おどっていた。花輪が消えている！

思わず目をぎゅっとつぶり、その光景に背をむけた。もちろん勘《かん》ちがいだわ。花輪が消えるはずないもの。きっと墓石からずり落ちて、芝生《しばふ》の上にあるんだわ。そうに決まってる！ 錯《さっ》覚《かく》よ。

理性の声が、もう一度見て確かめなさい、と告げていた。けれども、ミス・ジェソップはその声に耳を貸そうとしなかった。あの人が花輪を土のなかに持っていった、というとてつもない想像だけは、絶対にこわしたくなかったのだ。

ぼーっと夢を見ているような気持ちのまま家に帰った。すると、父親のジェソップ親方が、いったい今までどこに行ってたんだ、と頭ごなしにしかりつけた。帰ってきた娘《むすめ》の目が星のようにかがやいていようと、そんなことはかまわなかった。

ノーズのおばあさんが亡くなったらしいぞ、だが葬式《そうしき》はトッドのとこでやることになったんだ。ジェソップ親方はガミガミといった。大きな仕事を取られてしまったじゃないか。ノーズ家は大家族で、しかも知り合いがたくさんいるんだ。おまえ、わかってるのか？　黒革の手袋《てぶくろ》七十二組と、形見《かたみ》の指輪七十二個と、白いハットバンドを七十二本も売りそこなったんだぞ。もちろん、一個九ペンスのクレープの喪章《もしょう》も、絹の喪章も、一番上等のスカーフも、ずきんもみんな売りそこなった。

「おまえがぼんやりしていたおかげで、うちは三百ポンド以上の損をしたんだ！　さぞいい気分だろうな」

「にくいんだわ。わたしのことがにくいんだわ、パパは！」ほかに自分を守る方法を知らないミス・ジェソップは泣き叫《さけ》んだ。そして、おいおい泣きながら家を飛び出した。

「みんなわたしのことをきらってるのよ！」あえぎながら、いくつもの通りをかけぬけた。その姿は、風にふきとばされた黒い花のようだった。「みんな、みんなきらってる——ちがうのは、あの人だけよ！」

　こうしてミス・ジェソップは墓地をめざして一目散《いちもくさん》にかけた。あの人のもとに行かなければ。やはり今日は運命の日だったのだ。もう二人ははなれてはならないのだ。花輪が消えたのは、わたしを受け入れてくれた証《あかし》だったのだ。

　でも、どうやってあの人といっしょになればいいのだろう？　恐《おそ》ろしい考えが次々と頭にうかんだ。ニワトコの木の枝。ベールをよじって細いロープにし、あの人のお墓の上で首をつる。みんなは、ちぎれた花のようになってゆれているわたしを発見するんだわ。そして、きっと後《こう》悔《かい》するのよ！

　墓地に着くと、もうじき自分も入ることになるお墓のほうに目をやった。

「いや――もう、いや！」思わず叫《さけ》んでいた。「こんなひどい！」

　花輪がもとのところにある。さっきのは錯覚《さっかく》だったのだ。そうじゃなかったら、あの人にもきらわれてしまったということだ。

　ミス・ジェソップはうつむきながら、とぼとぼとお墓に近づいていった。自分のささげ物を無視した人の墓の上で首をつっても、もうあまり意味がないような気がする。

　墓石に寄せかけてある花輪を悲しげに見つめた。と、ミス・ジェソップは目を大きく見開き、息をのんだ。さっきの花輪とちがうのだ！　キヅタと野生のニンニクの花輪じゃなく、こい緑の葉に血のように赤い実を散りばめた、ヒイラギの花輪だった。

カードはどうなったんだろう？　カードも変わっていた。「ぼくはあなたの恋人《こいびと》になります」と書いてあった。

「オーランド――オーランド・ブラウン！」ミス・ジェソップは叫《さけ》んだ。涙《なみだ》がどっとあふれ、ベールに飛び散って、クモの巣にかかった露《つゆ》のようにきらきらかがやいた。「あなたの恋人《こいびと》になるわ、わたしこそ！」

ミス・ジェソップはふるえる手でベールをはずすと、キリキリッとねじりはじめた。そして時々引っぱっては、ぶらさがっても切れないかどうかたしかめた。

そうしてできあがった黒いひもを、つまさきだってニワトコの枝にかけた。何度か引っぱってみた。木全体が悲しんでいるようにゆさゆさゆれた。ミス・ジェソップはひもを結んで輪を作りはじめた。

「ミス・ジェソップ、ミス・ジェソップ！」

とっさにひもをはなし、さっとふり返った。たちまち、激しい愛と絶望が怒《いか》りといきどおりに変わった。なんと、ホーキンズが立っているのだ！　考えただけでもぞっとするあのいやらしいホーキンズが、新品のスーツなんか着こんで、ナメクジみたいにてらてらした格好《かっこう》をしてかしこまっている。はいている靴《くつ》も、まるで棺桶《かんおけ》の取っ手みたいにピカピカだ。これじゃ、葬《そう》儀屋《ぎや》というよりプレイボーイではないか！

いったい何の用なの？　このたびはまことにご愁傷《しゅうしょう》さまでございます。つきましては、ご葬《そう》儀《ぎ》の件は、なにとぞトッド葬儀店におまかせいただけませんでしょうか、なんていいにきたのかしら？　ホーキンズがねらっているから、おちおち自殺もできないなんて！

「こんなところで何なさってるの、ホーキンズさん」

怒《いか》りで体がふるえているのが、自分でもわかった。

「あ、あの、ちょっと寄ってみただけなんです」

めかしこんだ葬儀屋《そうぎや》の見習いは、こっちの剣幕《けんまく》に圧倒《あっとう》されたようだった。何かいいたそうな顔をしているけれども、口に出せないらしい。ふだん仕事をしている時とは打って変わって、ずいぶんどぎまぎしている。

ミス・ジェソップは、この際徹底的《てっていてき》にへこましてやれと思った。ちょっと寄っただけなんて残念だこと、いっそのことずっとここにいたらいかが、といってやった。それから、はっきりと意味が通じるように、朝日がいっぱいに差しこんでいる墓地をざっと見わたし、しゃれた黒《くろ》靴《ぐつ》の先で足もとの芝生《しばふ》をこすって見せた。

一瞬《いっしゅん》、ホーキンズの夢見るような目にちらりと怒《いか》りが燃えた。でも、ホーキンズは唇《くちびる》をかみしめ、ため息をついただけだった。葬儀屋《そうぎや》の見習いと葬儀屋の娘《むすめ》は、何もいわずに、息を荒《あら》くしてにらみあった。

「ミス・ジェソップ」ホーキンズはようやく落ち着きをとりもどすと、悲しそうにほほ笑《え》んだ。「もしぼくがここでねむることになったら、お父さん――その、ジェソップさんに、お葬《そう》式《しき》をしていただけるでしょうか?」

「喜んでやりますとも。もちろんです」

「ミス・ジェソップ、あなたの時にも同じようにさせていただきますよ。当店では、その、つまり、トッド葬儀店《そうぎてん》では、全店をあげて女王様のような式にいたしますよ。白いハットバンドや黒革の手袋《てぶくろ》を、参列者全員にそろえさせて。でもほんとうは、そのような商売はうちの店がとってしまうより、おたくの店でおやりになったほうが、ぼくとしてもうれしいんです」

ミス・ジェソップはホーキンズのていねいすぎる言葉づかいにいやな顔をした。それでも、そのまじめな態度には心を動かされそうになった。

「お知り合いの方ですか?」ホーキンズは小声でたずねながら、オーランド・ブラウンのお墓のほうを見た。「天に召《め》されし愛《いと》しい者、と書いてありますね。十六歳《さい》で亡くなったのですか。ぼくより、一つ年下だ……。もうすっかり芝《しば》におおわれていますね。でも、亡くなって五年になるのだから無理もないな。それに、ここの墓地は土が肥《こ》えてるし」

ミス・ジェソップはお墓からあわてて目をそらした。すると、視界のすみに何か黒いものがちらちらしているのが見えた。ぎょっとした。首つりをしようとしたベールなのだ。まだニワトコの枝に結んだままになっている。

「し、知らない人ですよ」ミス・ジェソップはばつが悪くなって口ごもった。「う、うちの店で式を出してやっただけよ。もう、ずっとむかしのことです。それだけです」

「そうですか。そうだったんですか。ぼくはまた、特別な人かと思ってました」ホーキンズは枝に結んであるベールを指さした。「それが愛を表わすリボンなのだろうな、って思ってました。ちょうど、式のお供《とも》が、リボンをつけた杖《つえ》を持つのと同じなのだろうな、って。ほんとにきれいですね、立ち木を葬式《そうしき》のお供にするなんて。とても詩的です。それで、お願いしようと考えてたんです。当店でも、あの、トッド葬儀店《そうぎてん》でも、同じやり方をしてもいいか、おききしようと。もちろん、枝ぶりのいい木があった場合にかぎりますけど。ミス・ジェソップ、気を悪くなさらないでしょうね、当店、その、トッド葬儀店でも同じやり方をしたとしても？

もし何でしたら、そのリボンを、当店ではジェソップ式と呼ばせていただきますが……」

ミス・ジェソップの心のなかでは、怒《いか》りがまたしてもメラメラッと燃えあがった。もうがまんできない。わたしの絶望の印までを商売の種に使おうなんて、なんて見さげ果てたやつなんだろう。もう顔も見たくない。ベールをほどこうと手をのばした。今では、この絶望の印までもがミス・ジェソップをあざけっているみたいだった。そんな気持ちも知らずに、ホーキンズは手伝おうとしてそばに寄ってきた。ホーキンズの体から、死体にぬる防腐剤《ぼうふざい》と強い薬草のにおいがプーンとただよってきた。鼻の頭が大理石みたいにつるつるしている。

ホーキンズの手が、一瞬《いっしゅん》ミス・ジェソップの手にふれた。ぞっとして手を引っこめた。と同時に、むかしさわった別の手の感触《かんしょく》がよみがえってきた。芝生《しばふ》の下でねむっているあの人を裏切ってしまった、と思った。あの人は何もいわないけれど、耳をすまし、いつも見張っているのだ。

ミス・ジェソップはホーキンズに知られぬようこっそりと指をぬぐった。ホーキンズはベールをほどくと、しわをていねいにのばし、返してよこした。

「いい墓石ですね」ホーキンズはお墓に目をもどすと、口を開いた。「最近では、こういう石を作る人はいなくなってしまいました。碑文《ひぶん》もこんなに深く彫《ほ》ったりしないんです。ときどき、引っかいただけみたいな、ひどいのもありますよ」

「父は墓石にはうるさい人ですから」

「ええ、それはぼくも知ってます。たいへんな評判ですから」ホーキンズはいかめしい口調でいった。「うちのトッド親方もいってるんです。もし、わしが天に召《め》されるときが来たら、葬式《そうしき》はほかのどこでもなく、ジェソップ＝ポターフィールドでやってもらいたいものだ、って」

「ほんとう？」ミス・ジェソップは思わずはずんだ声を出した。商売敵《がたき》からこんなにほめられるなんて！「ほんとに、そんなことといってたの？」

「ええ、ほんとうですとも！」ホーキンズの声に熱がこもった。「趣味《しゅみ》がいいんだ。親方はいつもそういってました。ジェソップ＝ポターフィールドは趣味がいい。実に上品な葬式《そうしき》をする。むかしは――」

「ええ！　むかしはね！」ミス・ジェソップは相手の言葉をさえぎった。「むかしはそうだったわ。でも、今はもうちがうのよ！　うちはここんとこ一か月も葬式《そうしき》を出していないのよ。まるまる一か月もよ！　知ってましたか、ホーキンズさん？　もちろん知ってたわよね！　でも、あなたにわかるかしら、おかげでわたしたちがどんなにつらい思いをしているかが」

ホーキンズは申しわけなさそうな、どうしていいかわからないような顔をした。と、次の瞬間《しゅんかん》、思いつめたようにミス・ジェソップの両手をぱっとつかんだ。

「きっとよくなりますよ！　どうか心配しないでください！　きっと、きっと、よくなります。今は季節が悪いんです。三月になって、もどり寒波《かんぱ》がおそってきたら、あっというまにたくさんの人が亡くなるはずです。あり余るほどのお客さんができますよ。いいですか、ミス・ジェソップ。おたくの店も、ひつぎや、ハットバンドや、黒革の手袋《てぶくろ》でいっぱいになり、足のふみ場もなくなるはずです。ああ、いい季節がめぐってくるんですよ、ミス・ジェソップ！」

「それほんとうですか、ホーキンズさん」ホーキンズのような堂々とした若者が心から心配してくれていると思うと、つい感動してしまった。

「ほんとうですとも。まちがいありません！」ホーキンズはそう叫《さけ》ぶと、手をぎゅっとにぎりしめた。ミス・ジェソップはそっと手を引っこめた。ホーキンズはつやつや光る黒いぼうしを取った。青白いひたいには汗《あせ》が光っていた。

ホーキンズは目を閉じると、なれなれしいふるまいをして申しわけありませんでした、と心をこめてあやまった。無礼なことをするつもりはなかったのです。ただ、あなたが悲しんでいるのを見ているうち、つい自分をおさえられなくなって……。

ミス・ジェソップは許してあげた。ホーキンズはすごくほっとしたようだった。それから大変いかめしい顔をして、ひとつその辺を散歩しませんか、といった。こうして、葬儀屋《そうぎや》の若者と葬儀屋の娘《むすめ》は肩《かた》を並べて歩きだした。墓石や、記念碑《きねんひ》や、壺《つぼ》のそばを通りかかるたびに足をとめ、これはあまりよくないとか、これはすばらしいとか品定めをしながら。なにしろ、二人とも葬式にかけてはプロなのだ。

その墓地には、ジェソップ＝ポターフィールド葬儀店《そうぎてん》が埋葬《まいそう》した人たちの墓もずいぶんあった。ミス・ジェソップはどの葬式もよくおぼえていた。それで、ホーキンズにパパの商売が繁盛《はんじょう》していたころの話をしてあげたりしていたのだけれども、いつのまにかそれは子どものころの思い出話に変わってしまった。ちっちゃいころ、店には葬式のお供《とも》の年寄りたちがよく出入りしていたのよ。悲しそうな顔をした、背の高い人ばかりで、いつもぼうしにクレープの喪章《もしょう》をつけていたわ。飼っていたネズミが死んだり、大切にしていたお人形がこわれたりして泣いていると、おかしなじょうだんをいって笑わせてくれたの。

二人は古い石のアルバムをめくるようにして、墓石に刻まれた碑文《ひぶん》を読んでいった。「最愛の人……心から死をいたむ……私たちはふたたび出会うであろう……愛する人……愛する……」。墓地には愛という言葉があふれていた。静かに歩みを運ぶ二人の足もとでは、芝草《しばくさ》がささやき、ため息をついた。

「これもあなたの店のお仕事ですか」質素な灰色の墓石のそばでホーキンズが足をとめた。

ミス・ジェソップはかぶりをふった。

「サム・ボールド」ホーキンズが碑《ひ》文《ぶん》を読みあげた。「今は亡きクリップルゲート区の点灯夫《てんとうふ》。

『死の陰《かげ》に座《すわ》っていた人たちに光がのぼった』

「ぴったりですわ、この人に」

「もしぼくにこの人の葬式《そうしき》をまかせてもらえるのなら、記念の像を立てるようすすめます」

ホーキンズが小さな声でいった。

「どんな像ですの？　この人の人生を思わせるようなものですか？」

「天使の像です。男の子の天使が、たいまつを持っているんです。ちょっとやってみましょうか」

ミス・ジェソップはうなずいた。葬儀屋《そうぎや》の見習いは、黒い縁取《ふちど》りのしてあるハンカチを、上品なしぐさで墓石から少しはなれたところに敷《し》いた。それからぼうしをとってそばの芝生《しばふ》の上に置くと、ひざまずいた。

はじめミス・ジェソップはその大げさな格好《かっこう》に笑いたくなった。だがじきに、笑いごとじゃないと気がついた。ホーキンズは片ひざをついて、大きく広げた両うでをこちらにむかって差し出しているのだ。長い指先がふるえている。そして顔には、どんなかたい心をもとかしてしまいそうな表情がうかんでいた。最愛の人……愛する人……愛《いと》しい人。そんな言葉が顔じゅうに刻まれている。もしこれが墓石だったら、日付を刻む場所も残っていないほどだった。

「ああ、あの、どうでしょう、こんな記念像は？」

「まあ、ホーキンズさんったら！」

「ミス・ジェソップ。どうか、どうかご返事をください」

「わ、わかりません、わたし。そんな、返事だなんて……。どうぞ、立ってください。草が、草がぬれてます。カゼをひいてしまいますわ。もしカゼをひいて、死んだりしたら……」

「もしぼくが死んだら、お墓にこんな像を建ててくださいますか」

「わ、わかりません――わたし、わからないわ！　そ、それに、あなたのお葬式《そうしき》は、きっとトッドさんがやるんでしょう？　きっとそうですわ。それに、それに、石の像になったりしたら、困ります。だって、今みたいにすてきじゃなくなってしまいますもの！」

「好きなんです、ミス・ジェソップ！　最初から好きでした」若者はささやいた。目は希望にかがやいていたが、顔はまっ青だった。

「お願い、そんなことおっしゃらないで！　だって、本気じゃないんですもの」

ホーキンズは、ちかって本気ですといった。それから、ひざまずいたまま、初めてこの仕事についた時から、あなたの美しさに心をうばわれ、あなたにあこがれ、あなたのことを夢見てきたのです、と思いのたけを打ち明けた。また、小さいころはあなたの名前をひつぎのふたというふたに刻みつけ、墓石の人目につかないところに書いたりしたのです、とはずかしそうに語った。ホーキンズの告白は続いた。どれもこれも、ミス・ジェソップにふさわしい人間になりたい一心でやったこと。ミス・ジェソップに少しでも近づけるよう、一生けんめい働く力をくださいと神様に祈《いの》ったこと。葬式《そうしき》の注文を一つ取ってくるたびに、また一歩そばに近づけた、と思っていたこと……。

「ああ、やめて。やめてください！」ミス・ジェソップは叫《さけ》んだ。たまらなく悲しく、はずかしかった。うちの店がだめになるほどホーキンズがあんなに働いたのは、みんなこの自分のためだったとは！

「すべては、あなたのためだったのです」そういいながら、ホーキンズは立ちあがった。その顔がぐっと近づいてきた。防腐剤《ぼうふざい》と薬草の強烈《きょうれつ》なにおいに、めまいがした。

「そして、いま」ホーキンズは耳もとでささやいた。「ついにその時がやって来たのです」

ホーキンズは、つつましいけれどもほこらかに、トッド親方がクイーン通りに新しい店を出すこと、そして自分がその店をまかされることになったことを打ち明けた。

「ぼくはまだ見習いですけど、親方が約束してくれたんです。この話を聞いたのはきのうなんです。ぼくは、天にものぼる心地《ここち》でした。とうとうぼくにもバレンタイン・デーがやってきたんだと。だから、いてもたってもいられなくなって、ここに来たんです。あなたをさがしに」

「わたしをさがしに？」

ミス・ジェソップは、ホーキンズに声をかけられたとき自分が何をしていたかを思い出して、ゾッとし、そしてまっ赤になった。あんなところを見られたんだわ。

「わたし、わたし別に……ほんとうは……ちがうの」と口ごもりながら、ベールをぎゅっとにぎった。こんなベールなんか消えてしまえばいいのに。

ホーキンズはにっこりとほほ笑《え》みながら首をふった。この葬儀屋《そうぎや》の見習いは、もともと人の不幸を思いやる気持ちを持っている。だから、自殺しようとしているのを見たときにはびっくりした、などとしゃべるつもりはなかった。次の瞬間《しゅんかん》、ホーキンズのほほ笑みが顔いっぱいに広がった。ミス・ジェソップの命を救ってあげたおかげで、店のお客が一人減ったのかもしれない、と気づいたのだ。トッド親方が知ったら、きっと怒《おこ》るだろうな……。

「どうして笑ってるの?」

「うれしいからですよ。こうして、あなたといっしょにいられるのが」

何だかそれだけじゃないような気もしたけれど、ミス・ジェソップはそれ以上追及《ついきゅう》しないことにした。ホーキンズはかがんで、黒い縁《ふちど》取りのしてあるハンカチとぼうしを拾いあげた。それから、もしよろしかったら、新しい店をいっしょに見にいきませんか、とさそった。すぐそこなんです、歩いていけますよ。

ホーキンズがミス・ジェソップにうでを貸し、二人はゆっくりと点灯夫《てんとうふ》のお墓からはなれた。

「あさって開店するんです。最初のお客さまは、ノーズさんとこのおばあさんですよ」

ミス・ジェソップは、めらめらとわき起こってきた嫉妬《しっと》に思わず唇《くちびる》をかんだ。

「大々的《だいだいてき》にやるつもりです」とホーキンズは胸を張った。「教会に、九メートルの黒い絹の布を寄付するんです。お供《とも》も四人やといます。ぼうしに白いハットバンドをつけ、黒いリボンを巻いた杖《つえ》に喪章《もしょう》をつけて行進させるんです。それから、本物のロウソクを立てた燭台《しょくだい》持ちの子どもを六人。それから、全員に黒革の手袋《てぶくろ》をそろえさせます。召使《めしつか》いにもね。もちろん馬車は使いません。だって、クイーン通りから出すんですからね。でも、羽根帽子《ぼうし》を一人――」

「なんですの、羽根帽子《ぼうし》って？」

「あ、羽根帽子《ぼうし》というのは、新しい流行なんです。フランスふうで、すごくしゃれてるんですよ。黒いダチョウの羽根をお盆《ぼん》に盛《も》って、それを頭にのせて運ぶんです。代金は二シリングなんですけど」

「なんか、すてきな感じね——」

「よかったら、見に来ませんか？　もしほかに用事がなかったら、葬式《そうしき》に参列してくださいませんか。ぼくのゲストとして。そうしていただければ、とてもうれしいんですけど。それに、あなたに出ていただければ、式がこの上なく華《はな》やかになることまちがいありません」

「まあ、ありがとう」

「食事は、川ぞいの『鷲《わし》と子ども』でする予定です」

ミス・ジェソップはゆっくりとうなずいた。「わたしが子どものころは、黒い紙に包んだハチミツ入りケーキを食べましたわ。とてもいい思い出です」

「すぐに注文します、そのハチミツ入りケーキも！」

二人は墓地の門を出るところで足をとめた。

「ミス・ジェソップ、さっきもいいましたけど」ホーキンズは聞こえるか聞こえないほどの小さな声でいった。「あなたを愛しています。そして、ぼくには待ちに待っていたときが来たのです」

ホーキンズは自分のひじに置かれた白ユリのような手に、手を重ねた。

「あと二年で七年の見習い期間が終わり、ぼくは一人前になります」

ミス・ジェソップはぶるぶるふるえはじめた。心臓が激しくどうきを打ち、すごく息が苦しい。ホーキンズがプロポーズしようとしている。今まさに結婚《けっこん》の申しこみをしようとしているのだ。

ミス・ジェソップは、しびれた頭でなんとか断りの言葉を考えようとした。断るしかないのだ。もうわたしの心はあの人にささげてしまったのだから。死んだ恋人《こいびと》のもとに行こうと、首までつろうとしたのだから。それなのに、次の瞬間《しゅんかん》にはてのひらを返すように、生きた男の人のほうに乗りかえろというの？　そんなことできないわ！　絶対に、絶対にだめ。バレンタインの恋人じゃない人のお嫁《よめ》さんになるなんて、絶対にできない。ものごとには順序があるのよ。まず春が来て、それから夏が来るの。恋も同じよ。それに……。

「ぼくの、ぼくの心からの愛を受け入れ、ぼくの妻になっていただけませんでしょうか」ホーキンズはつぶやくようにいった。教会の牧師のようにおごそかな言葉だった。

ああ、かわいそうなホーキンズ！　ホーキンズはほんとにまじめな見習いなので、どうしても仕事をするときのような言葉づかいになってしまうのだ。だいじな場面になればなるほど、失礼のないようにとていねいになる。そして、ずっと心に秘めていた愛を打ち明ける今こそ、まさに人生で何よりもだいじな、一番だいじな場面だった。

「結婚《けっこん》していただけませんか」ホーキンズはうつむいたままプロポーズをくり返した。

ミス・ジェソップのほうも、失礼のないていねいな物腰《ものごし》にはふだんから気をつけているので、相手の礼儀《れいぎ》正しさには心を動かされた。でもやはり、顔をそむけてしまった。そして、苦しさのあまり、祈《いの》るような気持ちでニワトコの下のお墓のほうに目をやった。助けてください。わたしはどうすればいいの？　何か印を示してください、お願い！

するとその目が急に大きく見開かれた。花輪が、あの人の花輪が、消えている！　これはどういう意味なの？

「ミセス・ホーキンズになってくれませんか」

「花輪が、き、消えてるわ！」

ホーキンズはプロポーズとは関係のない返事に少し気を悪くしながら、相手の視線を追った。次の瞬間《しゅんかん》ホーキンズは眉間《みけん》にしわを寄せ、いやな顔をし、何やらぶつぶついった。そして、めずらしく興奮した様子で、ミス・ジェソップのうでをふりほどいた。

「消えたんじゃありませんよ」そういうと、ホーキンズは墓石のあいだを歩きだした。はじめはゆっくりと、うやうやしいしぐさで。なんだか、お墓の前を通りかかるたびにおじぎをしているみたいだった。

すると、不意に墓石と墓石の間で何かがチョロッと動いた。小さくて、茶色っぽい生き物だ。大きなネズミ？　すると、そいつがキーキー声でいった。「みんな、にげろ！　見つかったぞ！」

すると、同じようなやつがほかに二人、かくれていた墓石のかげから飛びだした。そしてきゃあきゃあ悲鳴をあげながらにげだした。

ホーキンズは長い脚《あし》をのばして、おどるようにかけだした。ぼうしがぬげ、金髪《きんぱつ》がロウソクの炎《ほのお》のように風になびく。悪ガキどもは、追いかけられてキャッキャッいいながら、死者たちのあいだをジグザグににげまわった。ホーキンズは上着のすそをひらひらさせてお墓をまたぎこし、記念像をかこってある鉄柵《てっさく》を乗りこえ、「愛の記念に」とか、「最愛の人」とか書いてある墓石を小鳥のように軽々と飛びこえた。

ミス・ジェソップは、門のところからその様子をあっけにとられてながめていた。何もできないおとなしい死者たちのまわりで、命がとびはねている。おどったり、かけまわったり、キャッキャッいったり、叫《さけ》んだり。そのうち、その追いかけっこは風変わりなゲームになっていった。そのゲームでは、芝生《しばふ》の下でねむっている死者たちも、それなりの役目を果たしていた。つまり、「愛の記念に」などと刻まれた墓石を、障害物にしたり、かくれ場にしたり、にげ場にしたり、ついには、ふみ台にまでしてゲームに協力したのだ。そして、そのゲームに勝ったのは——

ホーキンズだった！　ホーキンズは、時計屋の夫婦をしのんで建てられた黒い記《き》念碑《ねんひ》をぐるっと回って、うしろからこっそり子どもたちに近づくと、みごと鉄柵《てっさく》に追いつめてしまった。勝ちほこった声と泣き叫《さけ》ぶ声が、ミス・ジェソップのところまで聞こえてきた。どうするつもりかしら、とミス・ジェソップは一瞬《いっしゅん》心配になった。でも、ホーキンズは何もしなかった。笑って子どもたちをはなしてやっている。ホーキンズは決してかんしゃくを起こしたりしない、やさしい見習いだったのだ。

息を切らしながらホーキンズが帰ってきた。だいぶ形のつぶれてしまったヒイラギの花輪を持っている。

「さあ、どうぞ！　あいつらが取ったんです。さっき、あなたのキヅタの花輪を盗《ぬす》んだのも、あの子どもたちですよ。それで、盗《ぬす》んだ花輪をぼくの店に売りにきたんです。金をはらってやりましたよ。それで――あの、それでぼくが、代わりにこのヒイラギの花輪をお墓にそなえておいたんです」

「それじゃあ、それじゃあ、あのカードは？」ミス・ジェソップは消え入りそうな声でいった。ホーキンズに申しわけなくて、いたたまれない気持ちだった。「あなたが書いたんですか」

「読んでくださいましたか」

ミス・ジェソップはこっくりとうなずいた。

「バレンタインの恋人《こいびと》になっていただけますか？」ホーキンズはいった。追いかけっこをしてきたせいか、まっ赤な疲《つか》れた顔をしている。「なっていただけますか？「バレンタインの恋人《こいびと》になり

「ええ」もうどこをさがしても、断る理由は見つからなかった。

ますわ！」

二人は門をぬけ、墓地をあとにした。それからうでを組み、クイーン通りの新しい店を見にゆっくりと歩いていった。そんな二人の姿を見て、街のみんなはほほ笑《え》んだ。年老いた点灯夫《てんとうふ》がハシゴを引きずりながら通りかかった。そして、今日はバレンタイン・デーだったなと思い

出し、ふとつぶやいた。

「キヅタの娘《むすめ》とヒイラギの若者か。お似合いの二人だ」

骨折り損

「うちの母さんは革関係の商売をしてるんだ」ガリーは友だちにいった。「オールド・チェンジ通りをちょっとはずれたとこに、大きな店をかまえてね。ほら、由緒《ゆいしょ》のある店が並んでる、あの静かなところだよ」

そういうガリー本人は、靴屋街《くつやがい》の留め金作り、ノーズ親方のところで見習いをやっている。仕事は、真鍮《しんちゅう》や、メッキや、模造金などの金ピカの金属ににせものダイヤをほんの少しちりばめて、しゃれたデザインのバックルをつくることだ。

「うちのむすこはね、宝石関係の仕事をしてるんですよ」ガリー夫人はつい最近近所に引っこしてきた人に、こっそりと打ち明けた。「真珠《しんじゅ》やダイヤモンドを、それはもうそまつにあつかってねえ。あなたの首からさがってる、そんな黒いネックレスなんかとは物がちがうのにね。あら、ごめんなさい、気を悪くなさらないでね」

ガリー夫人は『骨折り損広場』に住んでいる。そして、年老《としお》いた職人の助けを借りて、靴屋《くつや》を開いている。その暗い小さな店には、いつも革と人間の足のムッとするようなにおいがこもっている。

「そういえば、むかし働いていたとこの奥様《おくさま》が、本物のダイヤのブローチをしてましたわ」近所にこしてきた女の人は、ばつが悪そうにネックレスをもてあそびながら小声でいった。

「あれは、たしか――」

「うちのむすこは、ダイヤはあまりあつかいませんのよ」ガリー夫人は相手の言葉をさえぎった。その声が大きくなった。となりの仕事部屋で、職人が金づちでガンガンたたきはじめたのだ。「なんでも、最近ダイヤはあまりはやらなくなった、とかで」

「奥様《おくさま》はバターミルクで洗ってたんですよ、ブローチを！」相手も負けじと大声を出した。

「母の日(1)にはね、ときどきすばらしいプレゼントをしてくれるんですよ！」ガリー夫人は大声でわめいた。「ハノーバー広場に住んでいる、お金持ちが身につけるような物をね！」

「あの奥様《おくさま》も、ハノー――」

「ほんとに楽しみなのよ」ガリー夫人はほえたてた。そのとき金づちの音がぴたりとやみ、夫人の金切り声だけが大きくひびいた。「今度は何をプレゼントしてくれるのか、ってね！」

ガリー家の人々というのは、むかしから見栄《みえ》っぱりだったのだけれども、最近はそれがひどくなる一方だった。しかも、この見栄っぱりな性格のために、家族の結びつきはすっかり弱くなっていた。靴屋街《くつやがい》から骨折り損広場までは、まっすぐ行けば八百メートルもない。だが見栄っぱりのガリーには、千キロ以上あるのと同じだった。ガリーが母さんに会いに行くのは、せいぜいひと月に一回ぐらいというところだ。そして会いに行ったときはいつも、気まずくて、みじめな思いをするのだった。

靴《くつ》のバックルは地面から数センチはなれたところについている。だから、留め金作りの自分は、きたない足を相手にしている靴屋とはなんの関係もない。そんなふうにガリーは考えていた。靴のことなんか、想像するのもいやだ。とくに、母さんとこのうすよごれた仕事部屋のことを思うと、気分が悪くなる。あそこには、年寄りの職人が靴下もはかずに、はれあがった足の指を丸出しにして一日じゅうとじこもっているんだ。あの職人ったら、自分が修理している古靴と区別がつかないくらいくさいじゃないか。

そこでガリーは、靴屋《くつや》という言葉は頭のなかから追い出し、かわりに「革関係の商売」という気取った呼び名を使うことにした。それで当然ガリーは、母さんの家を訪ねるたびに腹を立て、いまいましい思いをすることになった。というのも、店に一歩入っただけで、自分がうそをついていることをいやというほど思い知らされるからだった。それもこれも、みんな母さんのせいだった。

一方ガリー夫人のほうも、むすこをうらんでいた。といっても、むすこが見栄《みえ》っぱりなのをうらんでいたわけではなく、原因はすべて自分の見栄にあった。夫人は、むすこが宝石の仕事をしていると常々近所の人たちにじまんしている。それなのに、その立派な仕事にふさわしいすてきなプレゼントを一度ももらったことがなかった。それをうらんでいたのだ。

そんなガリー夫人も、毎年母の日が近づいてくるころになると反省した。そして、むすこに対してもやさしい気持ちになり、「今年こそ、わたしたちはうまくいく」と心のなかでくり返すのだった。

「あした訪ねてくるんですよ、むすこがね」ガリー夫人は急にやさしい声を出した。こしてきたばかりの女の人はその声に気を取りなおし、口を開いた。

「むかし働いていたお屋敷《やしき》の奥様《おくさま》は――」

そのとき、バンバンという金づちの音がまたはじまった。ガリー夫人は声を張りあげた。

「あした！　むすこが！　お茶に来るんです！」

「あしたこそ！」土曜日の朝、ガリーは靴屋街《くつやがい》をゆっくりと歩きながら心のなかでちかった。「あしたこそ、なんとかするぞ！」ガリーのほうもまた、母さんとのあいだがうまくいっていないのを気にしていたのだ。

「よーし」そうつぶやきながら、ガリーは母さんの店がある骨折り損広場に近づきすぎないよう、横道に曲がった。「あしたこそ行くぞ！」

ガリーは親方のいいつけで、トリグ通りのジャナーさんのところに銀の糸を買いに行くところだった。一番いい服を着こみ、手には黒革の手袋《てぶくろ》をはめていた。手袋は、先月ノーズさんとこのおばあさんの葬式《そうしき》に出たときにもらったものだ(そのほかに、黒い絹のハットバンドももらったのだけれど、それは母さんにあげてしまった)。ガリーはこの手袋をはめるたび、親というのはやがて死んでしまうのだと思い、手おくれにならないうち母さんと仲直りをしよう、と決心するのだった。

仲直りのために、今年は母さんが喜びそうなプレゼントまで買った。毎年、母の日の前の金曜日になると、ノーズ親方は仕事部屋に紙を貼《は》り出す。その紙には、母の日にはお母さんにプレゼントをしよう、と書いてあり、それから、店の棚《たな》でほこりをかぶっている商品を大幅《おおはば》に値引きしてゆずります、と知らせてある。そこでガリーは、大金《たいきん》をはたいて、水晶《すいしょう》をちりばめた模造金の靴《くつ》のバックルを買った。そして、これなら、本物の金とダイヤモンドだといっても、薄暗《うすぐら》い母さんの店では見破られないだろうと思った。バックルにちりばめられた水晶は、ある女の客の頭文字《かしらもじ》をかたどっていたのだけれど、その人はバックルができあがっても取りにこなかった。頭文字はどう見てもDだった。が、見方をくふうすればガリーのGと見えないこともないさ、とガリーは都合のいいように考えることにした。

「あしたこそ」トリグ通りに入りながら、ガリーは心のなかでくり返した。「ほんとに行くぞ！」それからポケットに手を入れて、バックルの硬《かた》い包みにさわった。思わずほほ笑《え》みがうかんだ。笑うと、目の小さなぱっとしないガリーの顔も、けっこうハンサムに見えた。

ジャナー銀糸紡績店《ぼうせきてん》の前で足をとめたときにも、ガリーはまだほほ笑んでいた。

「きのうジャナーの店に行ったんだよ、母さん」ガリーは頭のなかで言葉を組み立ててみた。母さんは金や銀の話が好きなのだ。「母さんも知ってるでしょ、貴金属をあつかっているあの店のこと？　金や銀が山のように積んであるんだよ。まるで古靴《ふるぐつ》みたいにね」

ガリーは店に入ると、カウンターの前に行儀《ぎょうぎ》よく立った。

「靴屋街《くつやがい》のノーズ親方のとこの者ですが、銀糸を百七十グラムください」

カウンターにいたのはジャナー親方の娘《むすめ》だった。不機嫌《ふきげん》な顔をしている。せっかくの土曜日だというのに朝から働かされて、むくれているらしい。娘はぎゅっと唇《くちびる》をむすぶと、ふんと鼻を鳴らした。

「パパにいってよ。仕事場にいるわ。二階よ。あたし、この家の召使《めしつか》いじゃないんだから」

ガリーはいわれるままにした。今日は気分がいいので、腹も立たない。

階段をのぼり、仕事場のドアをノックした。返事がない。そこで、もう一度ノックし、取っ手をまわそうとした。

「さっさと入って、ドアを閉めるんだ！」だれかがなかでどなった。「わしの店をつぶす気か！」

いばり散らされるのに慣れているガリーは、体を紙みたいに薄《うす》っぺらにすると、ドアのすきまからそっと入っていった。

仕事場は天井《てんじょう》が低くて、やたらに細長かった。家の端《はし》から端までが、仕切りのない一つの部屋になっている。一方の端には窓があり、そこから外の明かりが差しこんでいる。そしてもう一方の端では、暖炉《だんろ》の火が赤々と燃えている。火はまるで何かを見張っている目のように見えた。

ところで、油断なく見張っていたのは暖炉《だんろ》の火だけではなかった。ジャナー親方が、手足の長い大きな体をして部屋のまんなかにつっ立ち、ちらちら光りながら目の前を動いていく銀の糸をじーっと見張っていたのだ。その糸は、窓ぎわにいる糸をたぐる女たちと、暖炉のそばにいる銀箔《ぎんぱく》を持った女たちのあいだにぴんと張られていた。さっきどなったのはジャナー親方だった。親方はガリーのほうをチラッと見ただけで、すぐにまた、銀の糸をうえたような血走《ちばし》った目でにらみはじめた。

窓ぎわの女たちが糸車をまわしてその高価な銀の糸を引きよせるたびに、親方は警告をするように唇《くちびる》をすぼめた。そして、部屋の反対側にいる女たちが、まるで髪《かみ》の毛みたいに細い銀箔《ぎんぱく》をからめながら、絹糸をてのひらからくりだすたびに、親方はおどすように唇《くちびる》をつきだした。その顔はこんなことをいっているみたいだった。おい、気をつけろ！　気をつけろよ！　おまえたちがわしの銀を盗《ぬす》み取ろうとしているのはわかってるんだぞ。だが、まあいい。やれるものなら、やってみろ。ほら、やってみろよ！

ガリーはぼーっとしてつっ立っていた。あたりにただよう疑いと警戒心《けいかいしん》。細長い部屋いっぱいに張りわたされた、高価な銀の糸。こんな重苦しい雰囲気《ふんいき》は初めてだった。いま目の前には、お金にすれば何百ポンドにもなる銀糸があるのだ。まるでどこか別の世界にいるみたいだった。この仕事場の雰囲気をどうやって母さんに伝えようか。

でも、どうしてもいい言葉が思いつかなかった。それどころか、頭にうかんでくるのは薄気味《うすきみ》悪い連想ばかりだった。張りわたされた銀糸のまんなかに立っているジャナー親方は、巨大《きょだい》なクモそっくり。そして、その巨大なクモは、巣の端《はし》っこのほうに引っかかっている哀《あわ》れなメスのハエたちを、うえたギラギラした目でにらんでいる——

「なんの用だね?」

「靴屋街《くつやがい》のノーズ親方のとこから来たんですが、銀糸を百七十グラムお願いします。あの、下のカウンターの人が——」

「わかっとる」

ジャナー親方は顔をしかめながらうなずいた。それから手で銀の糸をおさえ、長い脚《あし》でその上をまたぎこした。その動作は、ますますクモそっくりだった。銀の糸をまたぐとき、ジャナー親方の小さな足でバックルが光った。太陽の光で見ると真鍮《しんちゅう》なのがわかるけれど、暖炉《だんろ》の火で光ったところなどは、金と見分けがつかなかった。

親方は棚《たな》のほうに歩いていった。そのあいだも、銀の糸は暖炉の炎《ほのお》から窓ぎわの太陽へむかって、かすかにふるえながら流れつづけた。銀糸の両端《りょうはし》から、ほっとしたようにかすかなざわめきが起こった。

「見張ってるぞ！」ふいにジャナー親方は女たちのほうをふりむいた。「いいか、みんな。わしは見張ってるんだぞ！」

それからガリーを手招きした。

「ちょっと来てくれ。こっちに来て、ちょっとわしの頭のうしろを見てくれないか」

ガリーはいわれたとおりにした。

「いいかね。さあ、何が見えるかみんなに教えてやってくれ」

「あ――」ガリーは口を開きかけた。

「そのとおり！」ジャナー親方は得意そうに大声を出した。「目だよ！　わしの頭のうしろには目がついてるんだ。だから、いいか、みんな、気をぬくなよ。うしろをむいていても、わしにはちゃんと見えるんだからな！」

それから親方はひそひそといった。「女たちを見張っていてくれ。てのひらをぬらす者がいないよう、気をつけてな」

そんな奇妙《きみょう》なことをいってから、親方は女たちに背をむけた。そしてぶるぶるふるえながら、銀糸の巻いてあるつむを棚《たな》から取り出すと、糸の重さを計りはじめた。

「いいか、女たちから目をはなすんじゃないぞ」ジャナー親方はささやいた。「手をよく見てるんだ。手を暖めるのはかまわない。かわかしてるんだからな。だが、あとの動作はだめだ。みんな、わしは見てるんだぞ！」親方は急に声を張りあげた。「いつも見張ってるんだ！」

ガリーはいわれたとおりに見張った。女たちは疲《つか》れた顔をしていたけれども、銀の糸をあやつる指は信じられないほどすばやかった。ながめているうち、またしてもガリーの頭には不気味な連想がうかんできた――ここではハエがクモのために巣を作っているんだ。なんて奇妙《きみょう》なんだろう。

ジャナー親方は銀糸の重さを慎重《しんちょう》に計っているので、ずいぶん時間がかかった。ふと気がつくと、ガリーはいつのまにか女たちの手もとではなく、顔のほうをながめていた。そのなかでもとくに一つの顔を。やがてガリーは、ほかのものはほったらかしにしてその顔ばかり見つめだした。

顔の持ち主は、暖炉《だんろ》のすぐそばに立っている少女だった。暖炉の火の灯《あか》りのせいだろうか、少女は燃え盛《さか》る炎《ほのお》のように見えた。赤毛で、顔のむきを変えるたびに目が小さな炎のように燃えたち、きらきらと光る。

と突然《とつぜん》、その小さな炎《ほのお》が一つ消えたかと思うと、少女がウインクをした。ガリーも夢中でウインクをした。すると少女はにっこりとほほ笑《え》んだ。それで、こっちもほほ笑んだ。すると今度は、こっそりと投げキッスをしてきたので、こっちも投げキッスのお返しをした。

用事がすんで仕事場を出る前に、ガリーはうまいこと少女に声をかけることができた。

「仕事はいつ終わるの」

「暗くなってから」

「今夜、なんか用事ある？」

「さあ」

「外で会ってくれる？」

「さあ」

「たのむよ！」

「いいわ。じゃ、外で。暗くなってから」


キスをしたんだ！　ガリーはすっかり有頂天《うちょうてん》になってしまった。あっというまのできごとだった。手を糸からはなし、顔をちょっとうつむけ、口をすぼめたかと思うと、あの子はにこっと笑い、そしてチュッだ！　少女の投げてよこしたキスは銀箔《ぎんぱく》よりも軽かったのだけれど、ガリーはまるでもう大砲《たいほう》の弾《たま》にでもあたったような気分だった。頭にも心臓にも、大きな穴があいてしまったのだ。

ガリーも少女も十五歳《さい》だった。ガリーの初めての恋人《こいびと》だ。靴屋《くつや》街《がい》にもどるガリーの足取りは、まるで星を売る商人のようにはずんでいた。


「来ないのかと思ったわ」少女はいった。少女はトリグ通りで待っていた。着ている黄色い外套《がいとう》が、風にふかれてバタバタいっている。まるで、無理やり引っぱってこられた友だちが、いやがってさわいでいるみたいだった。少女は興奮した顔をしていた。

「そっちこそ、来ないつもりだったんじゃないの?」とガリーはいやみをいった。けれども実は、約束をすっぽかされるんじゃないかと心配で、午後じゅうずっと気が気じゃなかったのだ。


「来るっていったでしょ、あたし」

「ぼくだっていったよ」

二人は川のほうにむかって歩きだした。少女は、デージー・ラサールっていうの、と自己紹介《しょうかい》をした。

「ラサールって、フランスの名前だね」ガリーはちょっと心配になった。フランスのものは、なんでもお金がかかるのだ。それに、母さんにあげるバックルを買ってしまったので、いま財《さい》布《ふ》にはあまりお金が残っていない。

「あたし、スピトルフィールズ区で生まれたのよ。ほら、あの織物職人がたくさん住んでいるところ。巨大結び目《ヒュージ・ノット》が住んでる街よ」

フランス語のわからないミス・ラサールは、フランスから移住してきたユグノー(2)の人々を、英語読みにしてヒュージ・ノットといったのだ。でも、そんなことを知らないガリーは、感心してうなずくだけだった。

「ママは女優だったの」

「じゃあ、ロープ関係の仕事をしているのはお父さんのほうなんだね」ガリーは巨大結び目《ヒュージ・ノット》という言葉から連想していった。

ミス・ラサールも父親のことはよく知らないようだった。なんでも、ビショップスゲート通りで、教会の雑用係か街灯の点灯夫《てんとうふ》をやっていたらしかった。パパはママをとても愛していて、ぼくのともす街灯もきみの目のかがやきにはとてもかなわない、ってよくいってたらしいわ。

そうミス・ラサールは語った。

「きっとお父さんは点灯夫《てんとうふ》をやってたんだよ」ガリーは本気でいった。月のない、暗い三月の夜だというのに、ミス・ラサールはきらきらかがやいているのだ。彼女《かのじょ》がそばにいればどんな夜道でも歩けそうだった。

「どこに行くの？」

「『三羽の鶴《つる》』っていうレストラン」

「無理してお金使わないでね、あたしなんかのために」ミス・ラサールはガリーのうでにかけていた手にちょっと力をこめ、心配そうにほほ笑《え》んだ。

「心配するなって」ガリーは、ぼくはノーズ親方んとこのただの見習いだけど、母さんが革関係の商売を手広くやっているから平気さ、と説明した。

「革関係って、靴屋《くつや》さんなの？」

「そ、そうじゃないよ」そう返事しながら、ガリーは母さんとこの年寄りの職人と、そのかっこ悪い仕事を思いうかべた。「うちは、その——あ、足関係の仕事はあまりやってないんだ」

ミス・ラサールは、ガリーのうでにかけた手にまた力をこめた。ほっとしたガリーは、ほんとは母さんは仕事をせずに従業員の監督《かんとく》をしてるだけなんだよ、といいかげんなことをいった。

「従業員っていっても、みんな長いことうちで働いている人ばっかりさ。むかしからの商売だからね。ほら、老舗《しにせ》って知ってるだろ。そういう由緒《ゆいしょ》のある店なんだ。オールド・チェンジ通りをちょっとはずれた、静かなところにあるんだよ」

二人はテムズ川におりる石段までやってきた。するとガリーが、『三羽の鶴《つる》』まで舟《ふね》で行こうといいだした。実はガリーは、デートに出かける前にカーター通りの時計屋の見習いにいろいろ相談したのだけれど、舟に乗せるといいとすすめられたのだった。時計屋の見習いは、女の子をデートにさそうたび、取りあえずはまず舟遊びをしていたのだ。

二人は舟《ふね》に酔《よ》ってしまった。強い風のせいで、水面にはナイフのように鋭《するど》い波が立っていた。はじめのうちは二人とも元気がよく、ガリーは調子に乗って、ペラペラとさかんに母さんの商売のじまん話をした。けれども、恐《おそ》ろしく荒《あ》れた暗い川を十メートルも進んだころには、気持ちが悪くなって、おしゃべりをやめて口を閉じていないと吐《は》いてしまいそうになった。そしてようやく『三羽の鶴《つる》』に着いたときには、ミス・ラサールに助けてもらって舟からおりるしまつだった。しかも情けないことに、運賃まではらわせてしまったのだ。ガリーは、うんうんうなるばかりで口もきけなかった。

レストランのおかみさんに案内されて、二人は川の見えないすみっこのテーブルについた。

「ブランデー入りのポート・ワインを飲ませてあげるといいわ」おかみさんはガリーを気の毒そうにながめた。「胃が落ち着くからね。グラスにほんの少し注《つ》いで、一気に飲みほすのよ。

そうすれば、もうマトン・チョップでもなんでも食べられるわ。あとでちゃんとキスもできるようになるわよ。ね」

おかみさんのいったことは、半分しか当たらなかった。ブランデー入りワインを飲みほすと、ガリーはたしかにキスがしたくなった。そして実際、何度かミス・ラサールにキスしようとした。けれどもマトン・チョップのほうは、飲みこむたびにもどしてしまったのだ。ガリーは何度も部屋のすみにかがみこんだ。どうしようもなかった。心のほうは愛とあこがれに満ちあふれているというのに、体のほうがいうことをきかない。

それでも、じっとして静かに息をしていれば、気持ちが悪くなることはなかった。それどころか、実にいい気分だった。なんてったって、女の子といっしょなのだ。しかもその子は、ストランド街の街灯を全部集めたみたいに、目の前でぱあっとかがやいている。ガリーは吐《は》き気が起こらないよう注意しながら、何度もくり返して母さんのじまん話をした。ミス・ラサールのほうもずいぶん真剣《しんけん》に聞いていた。それで、ガリーの話にはいっそう熱がこもった。

「ほんとに手広くやってるんだよ、うちでは。革関係の商売をね」

「お店は、あなたがあとをつぐんでしょう？　あの、お母さんが歳《とし》をとったら。お父さんと同じ仕事について、お父さんの足跡《あしあと》をたどるのね」

「さっきもいったけど」ガリーは慎重《しんちょう》に答えた。「うちでは、足跡とか、足とか、足関係の仕事はあまりやってないんだよ」

二人は十時に『三羽の鶴《つる》』を出た。そしてうでを組んで、川ぞいの道をトリグ通りにむかって歩きだした。ガリーはずいぶん元気になっていた。もう吐《は》き気もしない。ちょっと頭がふらふらするだけだ。ミス・ラサールには、川ぞいのほうを歩かなくてもいいよ、もうだいじょうぶ、川に落ちたりしないから、といって安心させてあげた。

ガリーはしっかりしているところを見せようと、三度キスをした。ところが三度目のとき、ミス・ラサールのほおがしょっぱい涙《なみだ》にぬれているのに気づき、びっくりしてしまった。

「い、痛かったの？」

「ううん。そんなことないわ」

「きみのうで、強くつかみすぎた？」

「ううん。そうじゃないの」

「もしかして、マトン・チョップのせい？　おなかが――」

「ちがうわよ！」

「もしかして、ぼくがキスなんかしたから？」

「ちがうわ！」

「じゃあ、どうしたの。ぼくは何もやってないよ！」

「あたし、クビになったのよ。ジャナーの店、追い出されたの」

「ぼくのためにかい？　仕事中に話しかけたから？」

「そうじゃないわ。あ、あたしが投げキッスなんかしたせいなの。投げキッスしてるとこ親方に見られたのよ。ジャナー親方ったら、ほんとに頭のうしろに目がついてるんだから！　ほんとに見てたみたいなんだもの。『おまえ、手をなめたな』ってどなったかと思うと、かけよってきてあたしのてのひらを調べたの。ええ、たしかにてのひらはぬれてたわ。怖《こわ》くて怖くて、脂汗《あぶらあせ》かいてたのよ」

「だけど、どうしてそれがいけないんだい」

「手をぬらしちゃだめなのよ。ごまかしをするから。いつも暖炉《だんろ》の火をつけてるのも、手をかわかすためなの。ぬれた手で絹糸にさわると、絹糸が重くなるでしょ。それで重さをごまかして、銀箔《ぎんぱく》を盗《ぬす》んじゃうのよ。このやり方だと、なかなか見つからないの。でも、ジャナー親方のとこでは、あまりチャンスがなかったわ。親方ったら、ものすごく用心深いのよ。おしっこに行きたくなるといけないからって、一日じゅう一滴《いってき》も水を飲まずに見張ってるんだから。

親方はきっと、あの仕事場で銀の糸にかこまれて死ぬわね。『みんな、いいか、わしは見張ってるんだぞ』ってのが臨終《りんじゅう》の言葉よ。あれじゃ、商売が繁盛《はんじょう》するのも当たり前よ」

ガリーはよろけながら立っていた。暗い路地《ろじ》や裏通りから風がうなりをあげて飛んできては、川のほうにふきぬけていった。その風にあおられて、ときどき川に落ちそうになった。ガリーはミス・ラサールの話にひどく感心してしまった。でも、それ以上にミス・ラサールの美しさに感動していた。ガリーは顔をしかめながら、なんとかこの子のために仕返しをしてやりたいと考えた。あのクモみたいなジャナー親方を、靴屋《くつや》の大金づちでたたいて、グシャリとつぶしてやろうか。

「あのマトン・チョップ、食べなきゃよかったみたいね」ミス・ラサールが心配そうにいった。「しゃがんで、頭を両ひざのあいだにはさむと気分がよくなるのよ。ほんとよ」

「だ、だいじょうぶだよ」ガリーはぼそぼそといった。「ほんとに」

「ねえ、やってみなさいよ。あたし、あっちむいてるから」

ミス・ラサールは背をむけた。黄色い外套《がいとう》が風にあおられて、すそがガリーの顔にあたった。ガリーはよろけると、そのましゃがみこみ、汗《あせ》にぬれた冷たいひたいを、冷たいぬれた舗道《ほどう》につけて目を閉じた。

「気分よくなった？」

目を開けると、ミス・ラサールのはき古した靴《くつ》が目の前にあった。ガリーはその古靴を見つめた。

「あたし、こればっかりはいてるの」ミス・ラサールははずかしそうな顔をした。「ママのお古《ふる》なのよ。もともとは、きれいなバックルがついていたんだけど――」

「バックルならあるよ」ガリーは思わず口走っていた。「きみへのプレゼントさ」そして立ちあがると、ポケットに手をつっこんだ。

「頭文字《かしらもじ》もついてるんだ。Dってのは、デージーのことだよ」

ガリーはバックルの包みを取りだすと、包み紙をビリビリッとひきさいた。

「だめ、だめ、いけないわ！」ミス・ラサールは大きな声を出した。「そんなむだ使いしちゃいけないわ！」

「気に入らないの？」

「ううん、とってもすてきよ！　とってもきれい！　本物の金なの？」

「あげるよ」ガリーは相手の質問には答えなかった。

「あたし、これブローチにする」ミス・ラサールはこみあげてきた涙《なみだ》を外套《がいとう》のそででぬぐった。「靴《くつ》につけるなんて、もったいなくって」

「そうだね。まあ、うちでは足関係の仕事をあまりやってないことだしね」

「あしたつけてくるわ！」

「あした？」ガリーはそうくり返しながら、何かいやなことを忘れているような気がした。

「あ、あの、ガリーのお母さんに会いにいくときにね」ミス・ラサールは息をはずませながら、すごい力でうでにしがみついてきた。

ガリーはぞっとしてその顔を見つめた。

「いいでしょ？　いっしょに行っても」声がふるえていた。「あの、あたし考えてたの。お母さんにたのんでくれないかなって。あ、あの、お母さんのお店でやとってもらえないかなって。そ、その、革関係の仕事に。あたし器用だし、それに、物覚えも速いってみんなにいわれるの。あたし、紡績《ぼうせき》の仕事をする前は、革製品を作る店で働いていたこともあるのよ。それに、あの、あたしジャナー親方の店追い出されちゃったでしょ。だから、ねむるとこがないの。だから、思ったの。ガリーのお母さんのお店って繁盛《はんじょう》してるでしょ。だから、やとってくれるんじゃないかなって」

ガリーが返事もできないでいると、ミス・ラサールはほっぺたにチュッとキスをしてきた。

「灯《あか》りはいかが？　うちまで送りますよ」そばを通りかかった灯り持ちが、突然《とつぜん》声をかけてきた。ガリーはたいまつの煙《けむり》から顔をそむけた。たいまつの炎《ほのお》も、点灯夫《てんとうふ》の娘《むすめ》だというミス・ラサールも、何か同じ危険な力を秘めているような気がする。

「うち？」ガリーは首をふりながらつぶやいた。「うちだって？」

「迷惑《めいわく》かけないから」ミス・ラサールは心配そうにいった。「ほんとよ。どんな仕事でもやるわ。しくじらないようにするし、よけいなことには口を出さないし、足もつっこまないようにするわ」

「足だって！」ガリーはうなった。いつも心に引っかかっている、あるはずかしいことを思い出したのだ。「くそお！　足がなんだ。しょ、職人がなんだ！」

その夜ノーズ親方の店に帰ってカウンターの下の寝床《ねどこ》に横になってから、ガリーは、いやな夢を見た。夢のなかのガリーは、母の日のプレゼントのバックルをだれかにあげてしまっていた。それに、骨折り損広場の、あの強烈《きょうれつ》なにおいのする靴屋《くつや》にミス・ラサールを連れて行くことになってしまったのだ。

しかも、夢はそれだけで終わらなかった。ミス・ラサールとうでを組んで靴屋街を歩いているのだけれど、なんとガリーはまっぱだかだった。

大声をあげて目をさました。外はもう朝で、ガリーは寝床《ねどこ》で横になっていた。街なかを歩いていたのではなかった。一瞬《いっしゅん》ほっとして、ため息をついた。が、次の瞬間、悪夢は終わったのじゃなく、これからはじまるのだと気がついた。たしかに、まっぱだかで靴屋街《くつやがい》を歩くなんてことにはならない。でも、それよりもっといやなことが待っているのだ。心がまるはだかにされてしまうほうが、はだかで歩くよりずっとずっとはずかしい。ガリーはふとんを頭からかぶって、こんなことなら生まれてこなけりゃよかった、とふてくされた。

その日ガリーは、何度も何度も心のなかで祈《いの》りをくり返した。ミス・ラサールがやって来ませんように。約束なんか忘れていますように。じゃなかったら、何か事故でも起きて、来られなくなりますように……。しかし、むだだった。午後三時になると、約束どおりミス・ラサールは店の前に現れた。黄色い外套《がいとう》を風にはためかせ、希望に目をかがやかせて。

「ねえ、見て！　バックルつけてきたのよ！」ミス・ラサールはスカートをたくしあげて足を見せた。それから、重すぎて服にはつけられなかったの、と説明した。「だから、やっぱり靴《くつ》につけることにしたの。そしてね、みんなに見えるように、スカートを短くしてきたのよ」

足を見るといつもはずかしくなるガリーは、思わず顔をそむけた。それから、きのうはジャナーの店をクビになったから、母さんのところでやとってくれなんていってたけど、きっとじょうだんなんだと思ってみた。でも、やはりじょうだんではないようだった。それどころかミス・ラサールは、荷物まで持っている。荷物は茶色の紙にきっちりと包まれ、紙には『トリグ通り。ジャナー』と書いてあった。

「荷物あずけるとこ、ないの」ミス・ラサールはガリーのうでをぎゅっとにぎった。すごい力だ。うでがしびれて、指がポロポロとぬけ落ちそうになった。

「カーター通りを通って行こう」ガリーは荷物を持ってあげた。手に荷物を持てば、心にのしかかってくる重荷とつりあいが取れるかなと思ったのだ。心細くて心細くてしょうがなかった。

友だちの時計屋の見習いが、店のよろい戸によりかかって立っていた。ガリーが女の子を連れているのに気づくと、手をふり、口笛をふいてひやかしてきた。

「楽しんで来いよ！」

ガリーは弱々しい声でうなるのがやっとだった。

「あ、しまった！」時計屋の見習いはおどけて見せた。「見習いなんかと話してる暇《ひま》なんかなかったんだ。これからプレゼント持って、母さんに会いにいくってのに」

ガリーはまっ青になった。

「ごめんね、お母さんにお花もお菓子《かし》も持ってこれなくて」ミス・ラサールはすまなさそうにつぶやいた。「でも、特別の香水《こうすい》つけてきたのよ」そういうと、二人のあいだに荷物が入ってじゃまなので、反対側に回ってきた。「どう？」

ミス・ラサールは体を寄せてきた。甘《あま》いにおいがふんわりとただよってくる。砂糖を燃やしたようなにおいだ。ガリーは、自分たちがむかっている店のむっとするにおいを思いうかべた。このまままっすぐ歩いていったら、すぐに着いてしまう。ガリーはあわてて横道に入り、やけくそになってせまい裏通りをでたらめに歩きはじめた。このまま迷子《まいご》になって、母さんの店に着けなくなってしまえばいいのに。そうじゃなかったら、あんまり遠いので、ミス・ラサールがいやになってあきらめてしまえばいいのに……。

「あれ、ここ、トリグ通りのすぐ近くね！」ふいにミス・ラサールがびっくりしたような声をあげた。「お母さんがこんな近くに住んでたなんて、あたし知らなかったわ！」

二人の目の前に、骨折り損広場が口を開けていた。そこは、穴蔵《あなぐら》のような陰気《いんき》な場所だった。強い三月の風にふかれて、ゴミが舞《ま》いあがり、うすよごれた格好《かっこう》をした人々がのそのそ歩いている。

「ほんとはもっとしゃれた広場なんだけど」ガリーは言いわけをいうようにつぶやいた。「風さえふいてなけりゃね」

ガリーは口をつぐんだ。まだ間に合うよ、にげだすのなら今のうちだよ、と無言でミス・ラサールに語りかけているつもりだった。

「荷物あたしが持つわ」ミス・ラサールがいった。「あなたが持ってちゃ、お母さん気を悪くするかもしれないから」

ガリーはかぶりをふると、恋人《こいびと》といっしょに靴屋《くつや》に近づいていった。店はいつもよりいっそうみすぼらしく、みじめったらしく見えた。まわりのきたない建物にかこまれ、まるでいじめられているみたいに、小さくなってうずくまっている。でも、この店にまちがいなかった。窓ガラスいっぱいに、ふぞろいの大きな文字で『ガリー靴店』と書いてある。

「奥行《おくゆ》きがあるんだよ、うちの店は」ガリーは絶望的な気持ちだった。「間口《まぐち》はたいしたことないんだけど、なかに入ると、びっくりするほど広いんだ」

「すてきね、自分の名前があんなに大きく書いてあるなんて」ミス・ラサールが感心したようにため息をもらした。ガリーはうれしくなり、横目で恋人《こいびと》をちらっと見た。せまい広場にさしこんできた太陽の光に照らされ、赤い髪《かみ》が燃えたっているように見える。一瞬《いっしゅん》ガリーは、母さんの店のことよりも、こんなきれいな恋人がいることのほうをじまんしたくなった。と、そのとき、店のドアが開き、母さんが出てきた。

「なんだい、やっぱり、うちの子じゃないか！」母さんは大きな声を出した。「こんな風の強い日に歩いてくるなんて、どうしたんだね。おまえ、どうして馬車で来なかったの？」

母さんがこんなしゃべり方をするってことは、店にだれかよその人が来てるってことだ！ガリーはいっぺんに気が楽になった。人が来てるから、仕事場のドアは閉まっている。てことは、あの職人の姿も見えないってことだ。これなら、母さんもぼくも自然にふるまえるぞ。

ガリーは母さんの顔をじっと見つめながら、心のなかでうなずいた。母さんはずいぶん着かざっていた。刺繍《ししゅう》や白い縁取《ふちど》りのたくさんついた服を着こみ、頭には小さな黒いぼうしをかぶっている。ぼうしは、この前あげた絹のハットバンドでこしらえたものらしかった。そんな母さんの姿を見ているうち、ガリーはノーズさんの葬式《そうしき》に出たハチミツ入りのケーキを思い出した。

そうやって見つめ合っているだけで、この親子は気持ちが通じ合うのだった。こっそりと交《か》わされた視線が、不思議な火花を散らしていた。二人はまるで、何かをたくらんでいる悪者同士みたいだった。やがて、ガリー夫人の視線はむすこが連れてきた少女にむけられた。

「母さん、この人はミス・ラサールだよ。絹と銀関係の仕事をしてるんだ」

「お入り、二人とも」とガリー夫人はにこにこした。「お客さんが来てるんだよ」

ガリーは入るなり、仕事部屋のドアがぴっちりと閉まっているのをたしかめた。客間には、靴《くつ》一つ、ブーツ一つ置いてない。足に関係のありそうなものは何もない。部屋のすみに、女の人がいすをギシギシいわせながらすわっていた。テーブルのむこうにおしこめられているせいで、もう少しで見落とすところだった。

「ジョーカーさんだよ」と母さんが紹介《しょうかい》した。

「トランプのジョーカーじゃないのよ」近所にこしてきたばかりのその人は、テーブルのむこうからきゅうくつそうに身を乗り出した。「つづりがちがいますからね」

神経質そうな、折り目正しい感じの人だった。黒いガラス玉のネックレスをさげ、銀のつぶれたブローチをつけている。

「ジョーカーさんは、ハノーバー広場に住んでいたことがあるのよ」

「ほんとは、少しはずれのほうなんですけど……」

「あら、また、ごけんそんを。こちら、ミス・ラサール」

「フランスのかた？」ジョーカーさんはちょっぴり知ったかぶりをした。

「ミス・ラサールのお母さんは、巨大結び目《ヒュージ・ノット》だったんだよ」ガリーは得意そうに母さんにほほ笑《え》みかけた。

ガリー夫人はうなずいた。「それはまた、けっこうですこと。さぞかしお父さんも、立派なお仕事をなさってたんでしょうね」

「油とはしご関係の仕事をしてたんだ」ガリーはそう返事しながら、点灯夫《てんとうふ》の娘《むすめ》だったミス・ラサールのキラキラした目から視線をそらした。

「あら、そうなの。こちらのジョーカーさんは、ダイヤモンド関係に知り合いの人がいらっしゃるらしいわ」

「あの、それは、言葉のあやみたいなもので……」ジョーカーさんはばつが悪そうにいうと、テーブルからできるだけ体をはなした。いすの背もたれが、壁《かべ》とガリガリこすれあった。

「こちらのミス・ラサールは、たしか銀関係のお仕事でしたわね？」

「はい、そうなんです！」ミス・ラサールはその場の雰囲気《ふんいき》に合わせようと、はりきって返事をした。「見てください！」両手をつきだし、てのひらにきざみこまれた何本もの黒い線を見せた。それは、長いこと朝から晩まで銀糸をにぎっていたためについた、簡単には消えない傷あとだった。

ジョーカーさんが、てのひらをまじまじと見つめながらいった。

「ガリーさん、きのうお話ししたあの奥様《おくさま》は、銀製品を洗うときには酢《す》を使ってましたのよ」

「うちでは――その、ジャナー親方のとこでは、いつもアンモニアを使ってました。でも、アンモニアって、においがひどくって、涙《なみだ》がとまらなくなっちゃうんです――」とミス・ラサール。

「うちのむすこはね」ガリー夫人が二人の会話をさえぎった。「銀の装飾品《そうしょくひん》を持ってきたことはないんですのよ。なにしろ、銀って、アンモニアにつけたりして、手入れが大変でしょ？　放っておくと黒ずんでしまいますものね。やはり、金じゃなけりゃだめね。むすこも、そういってますよ。そうだね、おまえ？」

「ええ、母さん」とガリーは返事した。この小さな客間が、今日はとても居心地《いごこち》がいい。ガリーは感謝の気持ちをこめて、母さんにほほ笑《え》みかけた。そして、ふたたびこの親子のあいだには秘密の視線が交《か》わされた。

「むすこはとても気前がいいんですよ」ガリー夫人がいった。「まあ、それも当然ですけどね。いい仕事についてますから」

ガリーは何度もうなずいた。うれしくて、まるで雲の上を歩いているみたいな気分だ。こんなにうまく行くなんて思わなかった。何も心配することはなかったんだ。太陽までもがこんなに明るくかがやいているじゃないか……。ガラス窓からさしこんできた太陽の光が、テーブルの上にガリーという文字を黒く大きく映しだしていた。一番最後のYという文字が、ちょうどサクランボののったケーキをフォークのようにつきさしている。

ガリーは、ノーズ親方のところの葬式《そうしき》は立派だったよ、などとぺちゃぺちゃおしゃべりをし、それから、ジャナーの店に行ったときのことを話しだした。母さんも知ってると思うけど、あそこは金や銀の商売を手びろくやっていてね――。そこまでいって、ガリーは恋人《こいびと》のほうをちらっとながめた。ミス・ラサールは落ち着かなそうにちょっと身じろぎをしたところだった。一瞬《いっしゅん》、その姿が光に包まれて燃えあがったように見えた。ガリーはなぜか急に不安になり、口をつぐんでしまった。

「あら、あなた、きれいなバックルしてるのね」そういいながら、ジョーカーさんはいすをギシギシいわせて体をかたむけた。

「ガリーにもらったんです」ミス・ラサールはうれしそうにいうと、両足を思い切り高くあげてみせた。「ほら、Dって書いてあるでしょう。あたしの頭文字《かしらもじ》なの。あたし、デージーっていうんです」

ガリーはますます不安になった。考えまい考えまいとしていたことが、むくむくと頭をもたげてくる。

「デージーって、ヒナギクって意味ね」ジョーカーさんは夢中になってしゃべりはじめた。「ほら、例のあの奥様《おくさま》も花の名前だったのよ。マーガレットといって――」

「うちのむすこは、いつもおみやげを持ってきてくれるの」ガリー夫人はジョーカーさんをにらみつけてだまらせた。「この子はお金に糸目をつけないんだから。そうだね、おまえ？」

ガリー夫人はミス・ラサールの足を冷たい目でちらりとながめ、それからむすこの足もとの床《ゆか》に視線をむけた。

「い、今、な、なんていったの、母さん？」

「おまえはいつもおみやげを持ってきてくれる、っていったんだよ」

ガリーはまっ赤になった。忘れようとしていたことを、とうとうはっきりと思い出してしまったのだ。母さんも思い出したようだった。今日は母の日だったのだ。あれほど固く決心したのに、プレゼントも持たず、手ぶらで来てしまった。母さんを裏切り、ジョーカーさんの前で恥《はじ》をかかせてしまった。

ガリー夫人はニコニコしながらむすこの顔を見た。ガリーはその目をさけ、うつむいて床《ゆか》を見つめた。

「あれ、まあ」母さんは立ちあがると、テーブルのへりをつたって近づいてきた。テーブルの上のカップがカチャカチャ鳴った。「わたしが忘れたとでも思っていたのかい？　まあ、この子ったら。見てごらんなさいよ、こんなにまっ赤になって」そういいながら、母さんはガリーの頭のすぐ上にチュッとキスをするまねをした。「かくすつもりだったんだね？　忘れたふりをしようとしたんだろう？　でも、わたしはちゃんと知ってるんだよ。おまえが入ってきたとき、すぐに気がついたんだから。母の日のプレゼントを持ってるってね！」それからジョーカーさんのほうをむいた。「うちのむすこは、むかしからのしきたりを決して忘れないんですよ。今年はいったい何を持ってきてくれたのかしら」

「母さん！」ガリーは恐怖《きょうふ》の叫《さけ》びをあげた。しかし間に合わなかった。ガリー夫人はさっさとかがむと、なんと、床《ゆか》からミス・ラサールの荷物を取りあげたのだ。

ミス・ラサールが、出しかけた手をさっと引っこめた。ガリーは恐怖《きょうふ》のあまり体じゅうが冷たくなり、ガタガタふるえはじめた。何か発作《ほっさ》でも起きるんじゃないか、と思うほどだった。

「わたしの奥様《おくさま》は、ボタンをプレゼントしてもらってましたわ」ジョーカーさんは好奇心《こうきしん》をむきだしにして、包みをじろじろながめまわした。「本物の真珠《しんじゅ》のボタンですよ。それを、毎年一個ずつ――」

「ボタンですって？」ガリー夫人はそうつぶやきながらうれしそうに包みをながめ、それからテーブルのまんなかを片づけて、そこに包みを置いた。「まあ、ボタンねえ！」

「でも、奥様《おくさま》は、ほかの物はなんでも持ってらっしゃったから」ジョーカーさんはいすに座ったまま、体をひねったり体のむきを変えたりして、いろんな角度から包みをためつすがめつながめた。「それに、ボタンって、あれば何かと便利でしょ？」

ガリーとミス・ラサールは、まるで人の生首《なまくび》を見るようなおびえた顔をして、その包みを見つめていた。

「トリグ通り。ジャナー」ガリー夫人は、茶色の包み紙に書いてある文字を読みあげた。ガリーは一瞬《いっしゅん》、もしかするとこの包みには盗《ぬす》んだ銀がたんまり入ってるのかもしれない、とありそうもないことを想像した。でも、ミス・ラサールの顔を見ると、やはりそうじゃないようだった。しかも奇妙《きみょう》なことに、ミス・ラサールは母さんを怖《こわ》がっているというより、母さんの身の上に起こることを怖がっているような表情をしている。

「いま開けようかね。それとも、お茶がすんでからにするかい？」

「あ、あの――」ミス・ラサールが口を開きかけた。するとそのとき、その小さな客間は突《とつ》然《ぜん》ゆれだした。まるで地震《じしん》だ。お茶の道具がテーブルの上で飛びはねた。閉めてある仕事部屋のドアのむこうから、ガンガンと、とてつもなく大きな金づちの音がひびいてきた。ガリーには、その音は不吉《ふきつ》な恐《おそ》ろしいものだった。死の天使がこぶしをふるっているような気がする。

「あの人だわ」ガリー夫人はそういいながら、仕事部屋と客間をへだてている薄《うす》っぺらなドアのほうをあごでさした。「お茶がほしいのよ」

夫人は、職人を一度も名前で呼んだことがなく、いつもあの人とか職人さんとかいう呼び方をしていた。

金づちの音がとまった。たちまち客間のなかはシンと静まり返った。みんなはおずおずと閉じたドアのほうに目をやった。ガリーは、このままほんとうに気絶してしまうんじゃないかと思った。両手でテーブルにしがみつき、やっとのことで体を支えた。ドアがギギーッと開き、獣《けもの》のすみかのような仕事部屋がみんなの目にさらされる――そんな光景がありありと目にうかんだ。薄暗《うすぐら》い部屋にあのみにくい年寄りがうずくまり、ペッペッと手につばを吐《は》いたりしている。でも、あい変わらずねらいははずれるばかりで、ひざや床《ゆか》をつばでよごしている。あーあ、あんなに歳《とし》を取っちゃって。目なんか涙《なみだ》でしょぼしょぼしてるし、ゆでたみたいにまっ赤な鼻をしてるし。それに、あのはれあがったきたない足。こうしていても、プンプンにおってくるようだ……。

「今日は日曜日だから、仕事してないのかと――」ガリーは情けなさそうに小声でいった。「あの人は気まぐれだからね」ガリー夫人は意地の悪そうな声を出した。「でも、今日はこっちの都合に合わせてもらうよ！」それから、職人にも聞こえるよう大声で叫《さけ》んだ。「こっちのお茶が終わるまで、待ってもらうからね！　ガリーにもらったプレゼントを開けるまでね！」

バン、バンと二つ大きな音がした。でも、怒《おこ》っているのか、それとも「わかった」という意味なのかははっきりしなかった。

ガリー夫人は知らんぷりをし、とても気取ってお茶とケーキをみんなに配りはじめた。でも、だれも――ジョーカーさんでさえ――何も食べようとしなかった。またしても、あの人がぶちこわしにしてしまったのだ。もうさっきみたいに、上品な会話を楽しむこともできなくなってしまった。すぐとなりの部屋で、あの人がブツブツいったり、ゴソゴソ動きまわったり、ガンガンやってるんでは、そんなことできやしない！

こうなったら仕方がない。お茶はやめにして、ガリーのプレゼントを開けることにしよう。

そうでもしなければ、あの人のことが気になってしょうがない。ガリー夫人は立ちあがると、テーブルの上の物を片づけはじめた。

「だいじょうぶよ」ミス・ラサールがふるえながら手をのばしてきたので、ガリー夫人はおしとどめた。「包みのひもぐらい自分でほどけますからね」

「ビロードの小箱に入ってたんですのよ」ジョーカーさんはそういいながら、いすを引き寄せてぴたりとテーブルにくっついた。

「何がです？」

「さっきお話しした真珠《しんじゅ》ですよ」

「ああ、例のボタンね」

「でも、ボタンのプレゼントでよかったんです。なにせ奥様《おくさま》はもう、だんな様にいただいた真珠《しんじゅ》のネックレスを持ってらっしゃったんですから」

「でも、年にボタン一つのプレゼントでは、母親としてはさびしいわね」ガリー夫人は包みの結び目をほどきはじめた。「それじゃあ、ボタンが全部そろうころには、お墓に入ってしまいますよ。でもうちのむすこは、ボタンなんかよりもっと立派なものを……」

夫人はほどいたひもをテーブルの下に捨てた。ミス・ラサールはそれを拾うためにしゃがむと、そのままテーブルの下にかくれてしまった。ガリーには、足もとのミス・ラサールの赤い髪《かみ》が、熱く燃えているような感じがした。

「しっかり包んであるのね」そういいながら、ガリー夫人は破れたドレスを上品な手つきでつまみあげると、軽くふってみせた。「あら、これ何かしら？」

それから、よごれたペチコートを引っ張りだした。クビになったのがあまりにも急だったので、ミス・ラサールは下着を洗うひまもなかったのだ。

「おまえ、プレゼントはどこにしまってあるの？」ガリー夫人は、まっ黒によごれた穴だらけの靴下《くつした》をつまみあげた。それから、ひょっとするとこの中にでも入っているのかもしれない、とでも思ったのだろうか、そのきたない靴下をふってみた。たちまち、強烈《きょうれつ》なにおいがテーブルの上に広がった。

今度はあかのしみついたボロボロの下着が出てきた。でも、それで終わったわけではなかった。みすぼらしいあわれな持ち物が、次から次へと出てくる。どれもこれも、人に見せられないものばかりだった。まして、目を丸くして見つめているジョーカーさんの前で、こんなふうにいちいち広げられたのではもうがまんできない。

「それ、あ、あたしのなんです！」ミス・ラサールは泣きべそをかきながら、テーブルの上に顔を出した。涙《なみだ》で目がキラキラ光っている。

「あれ、まあ」

ガリー夫人はテーブルに広げたものを急いでかき集めた。すっかりあわててしまったらしく、皿もいっしょに包もうとしている。

「母さん！」ガリーが注意しようとした。

「え？」そんななれなれしい呼び方をするのはいったいどこのだれだろう、とでもいいたそうな顔だ。

母さんは荷物をまとめると、両手でしっかりとつかんだ。その手に、筋《すじ》と血管がくっきりとうかびあがった。

「出ていっておくれ」怖《こわ》いほど静かな声だった。「ここから出ていっておくれ」

次の瞬間《しゅんかん》、母さんは目にもとまらぬすばやい動作で、むすこの顔をめがけて荷物を投げつけた。よける間もなかった。

「出てって！」母さんは金切り声をあげた。「出てってよ！　わたしの家から出てって！」

ガリーは、恋人《こいびと》の荷物の中身に圧倒《あっとう》されて頭がくらくらしていたのだけれども、皿を割ってはならないと、必死で包みを受けとめた。

「でも、母さん――」

「わたしのこと、母さんなんて呼ばないで！」ガリー夫人はこぶしをにぎりしめ、まゆをつりあげた。「この、見栄《みえ》っぱりの、ごくつぶし！」

「でも、ぼく――」

「なんだい、その気取った格好《かっこう》は、ええ！」ガリー夫人はがなりたてた。それから、よその人がいるのもかまわず、声を限りにわめきはじめた。「おまえ、人を小ばかにするのもいいかげんにおし。恩知らずの、思いあがった、ぐうたらめが！　その小生意気《こなまいき》な顔はなんだい。何様《なにさま》のつもりなんだ！」

ガリーは小さくなって、母さんの火のような言葉に身を焼かれていた。それは、本物の火のように熱く、そして痛かった。やがて、ガリーは片手で言葉の洪水《こうずい》をさえぎるようにしながら、恐《おそ》る恐る口を開いた。「お願いだから、母さん――」

「なにが、お願いだからよ。今日は母の日なんだよ。こんな母の日になるくらいなら、いっそ死んだほうがましだよ！　なんだい、女の子なんか連れて、すまし返ってさ！　ふん、お笑いだね。ゴミためみたいに不潔な恋人《こいびと》だとはね！」

ミス・ラサールはぶるぶるふるえ、泣きそうな顔をした。

「やめろよ！」ガリーはたまらず叫《さけ》んでいた。「やめろよ、そんなひどいことというの！」

「ガリー、ねえ、ガリー、やめて。お願い、やめて」ミス・ラサールが苦しそうな声で訴《うった》えた。今にも消えそうな炎《ほのお》みたいに体をゆらゆらさせながら。

「わたしは、もうおまえの母親なんかじゃないからね！」

「ああ、おかげで、さばさばしたよ」

「この見栄《みえ》っぱりめが。見さげはてたもんだ！」

「そっちこそ、ひどいもんさ！　なんだ、こんな店。なんだ、こんなろくでもない広場――」

「よくいったものさ、『骨折り損広場』とはね。名前の通り、まるっきり骨折り損だったよ！」ガリー夫人は得意げに叫《さけ》んだ。「おまえをあんなに苦労して産んだのも、まったくの骨折り損さ！」

「こんなとこで暮らしてたなんて、こっちこそむだなことしたもんさ。まったく骨折り損だよ！」ガリーはほえたてた。そして、まだ手に持っていた皿を床《ゆか》にたたきつけた。

そのとたん、空が落ちてきた――というか、そんな感じがするほどのさわぎが起こった。ガラガラ、とものすごい音がしたかと思うと、家じゅうがゆさゆさと大きくゆれたのだ。と同時に、仕事場でギャーッという悲鳴があがった。

「あの人だわ」ガリー夫人が、大きくあえぎながらつぶやいた。

「今度は何やったんだろう?」ガリーがいった。

「何かひっくり返したのよ。ほんとにぶきっちょなんだから」

すると、今度は苦しそうなうめき声が聞こえてきた。

「大変だ」ガリーが叫《さけ》んだ。「ケガしてる」

「あたし、見てきます」ガリーもガリー夫人も動こうとしないので、ミス・ラサールが横からいった。

ガリーはびっくりして恋人《こいびと》の顔を見つめ、それから母さんのほうにむきなおった。二人のあいだに交《か》わされた視線には、もう秘密めいたところは少しもなかった。ガリーとガリー夫人とミス・ラサールの三人は、仕事場のドアに急いでかけ寄った。

「世話ばっかり焼かせて、まったく、もう!」ガリー夫人がどなった。

「せっかくの日曜日だってのに!」ガリーはキーキーわめきながら、ドアを力まかせに開けた。薄《うす》っぺらな仕切り壁《かべ》がこわれそうになるほど、乱暴に。

たちまち、あのかぎ慣れたにおいがただよってきて、客間をまるで大きな暖かい外套《がいとう》のように包みこんだ。ガリーは母さんといっしょにその暗い部屋のなかに入っていった。ろうそくが一本、作業台の上にともっていた。そして、その灯《あか》りに照らされて、使い古された道具がにぶく光っていた。

壁《かべ》に作りつけになった棚《たな》に、ブーツがぎっしりと並んでいるのがぼんやりと見える。部屋のかたすみにも、みすぼらしいブーツがたくさん固まって、直してもらう順番をしんぼう強く待っている。どれもこれもしわだらけで、こわれていて、すごくさかった。しかも、みんな形がゆがんでいる。それをはいていた男たちや女たちの歩き方が、想像できるようだ。靴《くつ》直しの仕事場は、陰気《いんき》で、足の墓場みたいだった。どの靴も、底を直してもらって生き返るのを待っているのだ。

職人は床《ゆか》にたおれ、うんうんうめいていた。底豆のできた足が、重い鉄の靴型《くつがた》の下敷《したじ》きになっている。しかも裸足《はだし》だった。

「靴型《くつがた》を落としたんだ！」ガリーは泣きべそをかきながら、老人のそばにひざまずいた。

「取っておやり、早く、早く！」ガリー夫人はむすこのそばにしゃがみこみ、そでにしがみついた。

ガリーは静かに静かに靴型《くつがた》を持ちあげた。母さんが作業台のろうそくを持ってきて、ケガをした足を照らしだした。ひどい傷だ。指がつぶれ、まっ赤な血がどくどくと流れている。職人はうんうんうめき続けた。

「お湯を持ってきて！」母さんが叫《さけ》んだ。「ポットのお湯を！」

ミス・ラサールがかけていって、お湯の入ったポットと、自分の荷物のなかから一番きれいな布切れを持ってきた。ガリーはそれを受け取ると、そーっとそーっと血をぬぐいはじめた。

「すまんな……すまん」職人は口のなかでモゴモゴいった。それから顔をあげ、痛さにまゆをしかめながらも、「ありがとう、あんた」とミス・ラサールにほほ笑《え》みかけた。

「い、痛い？」ガリー夫人が、せかせかと手をさすってやりながらたずねた。

「たいしたことないさ。こうして、みんなそろったんだ。もう、だいじょうぶだよ」

「いったいどうしたの？」

「大声でどなりあってたもんだから、心配になってな。それに、皿の割れる音が聞こえたもんで……」

「なんでもなかったのよ。ほんとに、なんでもなかったの」

「ほんとかい」

「ほんとうよ。ねえ、おまえ、そうでしょ？」

ガリー夫人はむすこの顔を見た。二人は何度もうなずき合い、にっこりと笑った。老人はほっとした顔をした。

「いい母の日のプレゼントをもらったじゃないか」老人はそういいながら、みんなの顔を見まわした。

「でも、あれは」ガリー夫人は口ごもった。「そんな、たいしたものじゃないわ」

「いや、そんなことはない！　いいプレゼントだとも」老人はガリーの恋人《こいびと》を見つめた。そして、何かとてもまぶしい光を見ているみたいに、そのしょぼついた目をパチパチさせた。

「わしは、こんなきれいなプレゼントは見たことがないよ。しかも、フランス製じゃないか。ガリー、おまえ、ほんとにいい子を選んだな。母さんもわしも、ほんとに鼻が高いよ！」

「この人、ぼくの、と、父さんなんだ」ガリーは消え入りそうな声でつぶやいた。「ミス・ラサール、ぼくの父さんを紹介《しょうかい》するよ。ガリー親方だよ」

そういったとたん、ガリーの心は晴れ晴れとした。さっき父さんの足からのけてやった鉄の靴型《くつがた》よりもっともっと重い、大きな重しが、頭の上からフッと消えてしまったみたいだった。歌をうたい、おどりまくってやりたくなった。広場に飛び出して、太陽や空にむかって叫《さけ》びたかった。相手かまわずだきついて、キスしてやりたかった。知らない人だろうと、だれだろうとかまうものか！

でもガリーは、そんなうわついた気持ちをぐっとこらえると、恋人《こいびと》の手を取った。「父さんは靴《くつ》の修繕《しゅうぜん》をしてるんだ。うちは小さな店だけど、みんなとても仲がいいんだよ」

ミス・ラサールがぎゅっと手をにぎり返してきた。その手にだんだん力がこもってくる。決して放さないわ、という気持ちが伝わってくるようだった。そこへ、ジョーカーさんも入ってきた。ろうそくの炎《ほのお》がちらちらとゆれ、部屋じゅうのブーツや靴《くつ》が、靴屋夫婦のためにおどっているようだった。

「包帯を巻いてあげないと」ガリー夫人は、むかしのやさしさを思い出していった。「その足、血だらけよ。きたないわ」

「きたないなんて、とんでもない！」ジョーカーさんが横からいった。そして聖書の言葉を引用した。「『ああ、うるわしいかな、よき訪れをつげる者の足は』」ジョーカーさんは、ハノーバー広場の教会で座席の案内係をやっていたことがあったのだ。

年老《としお》いた靴《くつ》職人は心からうれしそうにうなずき、そしてほほ笑《え》んだ。

（1）　母の日――イギリスでは母の日は三月にある。この日、贈《おく》り物をもって母親を訪ねる古い習慣がある。

（2） ユグノー——十六〜十七世紀ごろのフランスの新教徒。

訳者　斉藤健一

1948年福島県生まれ。東北大学大学院修了。元三重大学教授。ジャスター『マイロのふしぎな冒険』，トウェーン『ハックルベリー＝フィンの冒険』，ネイラー『さびしい犬』，ワースバ『クレージー・バニラ』，フィルブリック『フリーク・ザ・マイティー』など，訳書多数。

見習い物語 上（全2冊）　岩波少年文庫 559

2002年11月19日　第1刷発行
2016年4月5日　第3刷発行

訳　者　斉藤健一《さいとうけんいち》

発行者　岡本　厚

発行所　株式会社 岩波書店
〒101-8002 東京都千代田区一ツ橋 2-5-5
電話案内 03-5210-4000
http://www.iwanami.co.jp/

印刷・精興社　カバー・半七印刷　製本・中永製本

ISBN 4-00-114559-6　Printed in Japan
NDC 933　290 p.　18 cm

岩波少年文庫創刊五十年――新版の発足に際して

心躍る辺境の冒険、海賊たちの不気味な唄、垣間みる大人の世界への不安、魔法使いの老婆が棲む深い森、無垢の少年たちの友情と別離……幼少期の読書の記憶の断片は、個個人のその後の人生のさまざまな局面で、あるときは勇気と励ましを与え、またあるときは孤独への慰めともなり、意識の深層に蔵され、原風景として消えることがない。

岩波少年文庫は、今を去る五十年前、敗戦の廃墟からたちあがろうとする子どもたちに海外の児童文学の名作を原作の香り豊かな平明正確な翻訳として提供する目的で創刊された。幸いにして、新しい文化を渇望する若い人びとをはじめ両親や教育者たちの広範な支持を得ることができ、三代にわたって読み継がれ、刊行点数も三百点を超えた。

時は移り、日本の子どもたちをとりまく環境は激変した。自然は荒廃し、物質的な豊かさを追い求めた経済の成長は子どもの精神世界を分断し、学校も家庭も変貌を余儀なくされた。いまや教育の無力さえ声高に叫ばれる風潮であり、多様な新しいメディアの出現も、かえって子どもたちを読書の楽しみから遠ざける要素となっている。

しかし、そのような時代であるからこそ、歳月を経てなおその価値を減ぜず、国境を越えて人びとの生きる糧となってきた書物に若い世代がふれることは、彼らが広い視野を獲得し、新しい時代を拓いてゆくために必須の条件であろう。ここに装いを新たに発足する岩波少年文庫は、創刊以来の方針を堅持しつつ、新しい海外の作品にも目を配るとともに、既存の翻訳を見直し、さらに、美しい現代の日本語で書かれた文学作品や科学物語、ヒューマン・ドキュメントにいたる、読みやすいすぐれた著作も幅広く収録してゆきたいと考えている。

幼いころからの読書体験の蓄積が長じて豊かな精神世界の形成をうながすとはいえ、読書は意識して習得すべき生活技術の一つでもある。岩波少年文庫は、その第一歩を発見するために、子どもとかつて子どもだったすべての人びとにひらかれた書物の宝庫となることをめざしている。

（二〇〇〇年六月）

岩波少年文庫

001 星の王子さま
サン＝テグジュペリ作／内藤 濯訳

002 長い長いお医者さんの話
チャペック作／中野好夫訳

003 ながいながいペンギンの話
いぬい とみこ作

004 グレイ・ラビットのおはなし
079 西風のくれた鍵
119 氷の花たば
アトリー作／石井桃子、中川李枝子訳

005~7 アンデルセン童話集 1~3
大畑末吉訳

008 クマのプーさん
009 プー横丁にたった家
A・A・ミルン作／石井桃子訳

010 注文の多い料理店 ―イーハトーヴ童話集
011 風の又三郎
012 銀河鉄道の夜
宮沢賢治作

013 かもとりごんべえ ―ゆかいな昔話50選
稲田和子編

014 長くつ下のピッピ
015 ピッピ船にのる
016 ピッピ 南の島へ
080 ミオよ わたしのミオ
085 はるかな国の兄弟
092 山賊のむすめローニャ
128 やかまし村の子どもたち
129 やかまし村の春・夏・秋・冬
130 やかまし村はいつもにぎやか
リンドグレーン作／大塚勇三訳

105 さすらいの孤児ラスムス
121 名探偵カッレくん
122 カッレくんの冒険
123 名探偵カッレとスパイ団
222 わたしたちの島で
リンドグレーン作／尾崎 義訳

194 おもしろ荘の子どもたち
195 川のほとりのおもしろ荘
210 エーミルはいたずらっ子
211 エーミルとクリスマスのごちそう
212 エーミルの大すきな友だち
リンドグレーン作／石井登志子訳

▷書名の上の番号：001～ 小学生から，501～ 中学生から

岩波少年文庫

017 ゆかいなホーマーくん
マックロスキー作／石井桃子訳
018 エーミールと探偵たち
019 エーミールと三人のふたご
060 点子ちゃんとアントン
138 ふたりのロッテ
141 飛ぶ教室
ケストナー作／池田香代子訳
020 イソップのお話
河野与一編訳

〈ドリトル先生物語・全13冊〉
021 ドリトル先生アフリカゆき
022 ドリトル先生航海記
023 ドリトル先生の郵便局
024 ドリトル先生のサーカス
025 ドリトル先生の動物園
026 ドリトル先生のキャラバン
027 ドリトル先生と月からの使い
028 ドリトル先生月へゆく
029 ドリトル先生月から帰る
030・1 ドリトル先生と秘密の湖 上下
032 ドリトル先生と緑のカナリア
033 ドリトル先生の楽しい家
ロフティング作／井伏鱒二訳

〈ナルニア国ものがたり・全7冊〉
034 ライオンと魔女
035 カスピアン王子のつのぶえ
036 朝びらき丸 東の海へ
037 銀のいす
038 馬と少年
039 魔術師のおい
040 さいごの戦い
C・S・ルイス作／瀬田貞二訳
041 トムは真夜中の庭で
フィリパ・ピアス作／高杉一郎訳
042 真夜中のパーティー
フィリパ・ピアス作／猪熊葉子訳
043 お話を運んだ馬
074 まぬけなワルシャワ旅行
シンガー作／工藤幸雄訳
044 冒険者たち―ガンバと15ひきの仲間
045 グリックの冒険
046 ガンバとカワウソの冒険
斎藤惇夫作／薮内正幸画
047 不思議の国のアリス
048 鏡の国のアリス
ルイス・キャロル作／脇 明子訳

▷書名の上の番号：001～ 小学生から，501～ 中学生から

岩波少年文庫

岩波少年文庫

075 クルミわりとネズミの王さま　ホフマン作／上田真而子訳

077 ピノッキオの冒険　コッローディ作／杉浦明平訳

078 肥後の石工
132 浦上の旅人たち　今西祐行作

081 クジラがクジラになったわけ　テッド・ヒューズ作／河野一郎訳

082 ムギと王さま―本の小べや1
083 天国を出ていく―本の小べや2　ファージョン作／石井桃子訳

086 ぼくがぼくであること　山中　恒作

087 きゅうりの王さまやっつけろ　ネストリンガー作／若林ひとみ訳

088 ほんとうの空色　バラージュ作／徳永康元訳

089 ネギをうえた人―朝鮮民話選　金素雲編

090・1 アラビアン・ナイト　上下　ディクソン編／中野好夫訳

093・4 トム・ソーヤーの冒険　上下　マーク・トウェイン作／石井桃子訳

095 マリアンヌの夢　キャサリン・ストー作／猪熊葉子訳

096 けものたちのないしょ話―中国民話選　君島久子編訳

097 あしながおじさん　ウェブスター作／谷口由美子訳

098 ごんぎつね　新美南吉作

099 たのしい川べ　ケネス・グレーアム作／石井桃子訳

101 みどりのゆび　ドリュオン作／安東次男訳

102 少女ポリアンナ
103 ポリアンナの青春　エリナー・ポーター作／谷口由美子訳

143 ぼく、デイヴィッド　エリナー・ポーター作／中村妙子訳

104 月曜日に来たふしぎな子　ジェイムズ・リーブズ作／神宮輝夫訳

106・7 ハイジ　上下　シュピリ作／上田真而子訳

▷書名の上の番号：001～　小学生から，501～　中学生から

岩波少年文庫

108 お姫さまとゴブリンの物語
109 カーディとお姫さまの物語
133 かるいお姫さま
マクドナルド作／脇　明子訳

110·1 思い出のマーニー 上下
ロビンソン作／松野正子訳

112 オズの魔法使い
フランク・ボーム作／幾島幸子訳

113 ペロー童話集
天沢退二郎訳

114 フランダースの犬
ウィーダ作／野坂悦子訳

115 元気なモファットきょうだい
116 ジェーンはまんなかさん

117 すえっ子のルーファス
エスティス作／渡辺茂男訳

118 モファット博物館
エスティス作／松野正子訳

120 青い鳥
メーテルリンク作／末松氷海子訳

124·5 秘密の花園 上下
バーネット作／山内玲子訳

162·3 消えた王子 上下
バーネット作／中村妙子訳

209 小公子
216 小公女
バーネット作／脇　明子訳

126 太陽の東 月の西
アスビョルンセン編／佐藤俊彦訳

127 モモ
ミヒャエル・エンデ作／大島かおり訳

207 ジム・ボタンの機関車大旅行
208 ジム・ボタンと13人の海賊
エンデ作／上田真而子訳

131 星の林に月の船
―声で楽しむ和歌・俳句
大岡　信編

134 小さい牛追い
135 牛追いの冬
ハムズン作／石井桃子訳

136·7 とぶ船 上下
ヒルダ・ルイス作／石井桃子訳

139 ジャータカ物語
―インドの古いおはなし
辻直四郎、渡辺照宏訳

▷書名の上の番号：001～ 小学生から，501～ 中学生から

岩波少年文庫

〈ランサム・サーガ〉

170・1 ツバメ号とアマゾン号 上下

172・3 ツバメの谷 上下

174・5 ヤマネコ号の冒険 上下

176・7 長い冬休み 上下

178・9 オオバンクラブ物語 上下

180・1 ツバメ号の伝書バト 上下

182・3 海へ出るつもりじゃなかった 上下

184・5 ひみつの海 上下

186・7 六人の探偵たち 上下

ランサム作／神宮輝夫訳

196 ガラガラヘビの味 ―アメリカ子ども詩集

アーサー・ビナード、木坂 涼編訳

197 ぼんぼん

今江祥智作

198 くろて団は名探偵

ハンス・ユルゲン・プレス作／大社玲子訳

199 バンビ ―森の、ある一生の物語

ザルテン作／上田真而子訳

202 アーベルチェの冒険

203 アーベルチェとふたりのラウラ

シュミット作／西村由美訳

204 バレエものがたり

ジェラス作／神戸万知訳

205 ピッグル・ウィッグルおばさんの農場

ベティ・マクドナルド作／小宮 由訳

206 カイウスはばかだ

ウィンターフェルト作／関 楠生訳

217 リンゴの木の上のおばあさん

ローベ作／塩谷太郎訳

218・9 若草物語 上下

オルコット作／海都洋子訳

220 みどりの小鳥―イタリア民話選

カルヴィーノ作／河島英昭訳

221 ゾウの鼻が長いわけ―キプリングのなぜなぜ話

キプリング作／藤松玲子訳

223 大力のワーニャ

プロイスラー作／大塚勇三訳

▷書名の上の番号：001～ 小学生から，501～ 中学生から

岩波少年文庫

501・2 はてしない物語 上下
エンデ作／上田真而子、佐藤真理子訳

503〜5 モンテ・クリスト伯 上中下
デュマ作／竹村 猛編訳

561・2 三 銃 士 上下
デュマ作／生島遼一訳

506 ドン・キホーテ
セルバンテス作／牛島信明編訳

507 聊斎志異《りょうさいしい》
蒲松齢作／立間祥介編訳

508 古事記物語
福永武彦作

509 羅生門《らしょうもん》 杜子春《とししゅん》
芥川龍之介作

510 科学と科学者のはなし
——寺田寅彦エッセイ集

555 雪は天からの手紙
——中谷宇吉郎エッセイ集
池内 了編

511 農場にくらして
アトリー作／上條由美子、松野正子訳

512 波 紋
リンザー作／上田真而子訳

513・4 ファーブルの昆虫記 上下
大岡 信編訳

〈ローラ物語・全5冊〉
515 長 い 冬
516 大草原の小さな町
517 この楽しき日々
518 はじめの四年間
519 わが家への道——ローラの旅日記
ワイルダー作／谷口由美子訳

520 あのころはフリードリヒがいた
567 ぼくたちもそこにいた
571 若い兵士のとき
リヒター作／上田真而子訳

521 シャーロック・ホウムズ まだらのひも
522 シャーロック・ホウムズ 最後の事件
523 シャーロック・ホウムズ 空き家の冒険
524 シャーロック・ホウムズ バスカーヴィル家の犬
ドイル作／林 克己訳

525 怪盗ルパン
526 ルパン対ホームズ
527 奇 岩 城
モーリス・ルブラン作／榊原晃三訳

528 宝 島
552 ジーキル博士とハイド氏
スティーヴンスン作／海保眞夫訳

529 イワンのばか
トルストイ作／金子幸彦訳

▷書名の上の番号：001〜 小学生から，501〜 中学生から

ドリトル先生物語全集

ヒュー・ロフティング作／井伏鱒二訳

全12巻

動物のことばを話せるドリトル先生が、オウムのポリネシアや犬のジップたちとくりひろげる、楽しい物語。作者自身の描いたたくさんの挿絵もゆかいです。

1 ドリトル先生アフリカゆき
2 ドリトル先生航海記
3 ドリトル先生の郵便局
4 ドリトル先生のサーカス
5 ドリトル先生の動物園
6 ドリトル先生のキャラバン
7 ドリトル先生と月からの使い
8 ドリトル先生月へゆく
9 ドリトル先生月から帰る
10 ドリトル先生と秘密の湖
11 ドリトル先生と緑のカナリア
12 ドリトル先生の楽しい家

菊判・上製函入・平均 310 頁

岩波書店

EARTHSEA

少年文庫版

ゲド戦記

（全6冊）

アーシュラ・K. ル＝グウィン
清水真砂子訳

大魔法使いゲドの生涯と，アースシー世界の光と闇を描く，
壮大なファンタジー。

1	影との戦い	少年ゲドは，魔法の学院に入る。禁じられた魔法を唱え，自らの〈影〉を呼び出してしまう。
2	こわれた腕環	青年ゲドは，平和をもたらす腕環を求めて，アチュアンの墓所におもむき，ある少女と出会う。
3	さいはての島へ	大賢人ゲドは，若い王子をともなって旅にでる。さいはての地で，死力をつくして戦う。
4	帰　還	初老のゲドは，故郷の島へ帰る。そこでは，思いがけない女性との再会が待っていた。
5	ドラゴンフライ アースシーの五つの物語	魔法の学院を訪れる少女を描いた「ドラゴンフライ」など，物語五編と作者による解説。『ゲド戦記外伝』を改題。
6	アースシーの風	ふたたび竜が暴れだし，緊張が高まるアースシー世界を救うのは誰か。

＊小B6判　並製カバー

岩波書店刊